JN231346

チョコレート・ガール探偵譚＊吉田篤弘

Detective Story About Chocolate Girl

平凡社

Sumiko Mizukubo

目 次

Contents

1 ……9

2 ……27

3 ……45

4 ……63

5 ……81

6 ……101

7 ……119

8 ……133

9 ……151

10 ……169

11 ……189

12 ……207

13 ……225

14 ……243
エピローグ

＊

あとがき ……261

装幀——クラフト・エヴィング商會［吉田浩美・吉田篤弘］

チョコレート・ガール探偵譚

チョコレート・ガール探偵譚

I

その古本屋は私鉄電車の操車場近くにあった。いくつもレールが横たわる長い踏切をわたり、操車場の端にある空き地を横ぎって百メートルほど歩くと、間に合わせで建てられたような、ひどく粗末な二階屋があった。ほとんど操車場の敷地内に建っているかのようで、探しても看板のひとつも出ていない。ガラス戸の奥の暗がりに古びた本棚がならんでいるのがかろうじて窺《うかが》えた。

その店には定休日というものがなく、おそらくは週に二日ほどしか開いていなかったものと思われる。鎧戸《よろいど》がないのでガラス戸が常にさらされ、店内にぶらさがった裸電球がついているかいないかで勝敗が決まった。勝敗は大げさかもしれないが、なにしろ屋号も電話番号も不明で、インターネットの普及する前のことだから、開店しているかどうかは店の前まで行って確かめるしかなかった。

いかんせん遠いのである。都心からおよそ一時間はかかり、駅をおりて長い踏切をわたって、ようやくたどり着いても、裸電球がついていなければその日は休業ということになる。敗北と云うしかなかった。あたりには食堂や喫茶店のひとつもなく、駅の構内にある立ち食いそば屋で、「名物」を謳《うた》った月見そばを食べて、すごすごと引きかえした。なぜ、月見そばが名物なのかいまだにわからないが、なにもない町なので、月でも見るしかないという冗談なのだろう。

いま思うと、あのときすでに探偵行は始まっていたのかもしれない。探偵に無駄足はつきものだし、いくらあの名もない古本屋が、またとない掘り出しものの宝庫だったからといって、あそこまで執拗《しつよう》な無駄足の繰り返しはわれながら異常だった。

いや、いまさらそんなこじつけをしなくても、無事に店が営業していて、「勝った」ときの収穫はほかでは味わえないものだった。本当は「勝った」ではなく「買った」なのだが、こちらのなけなしの財布から出ていく金銭はほんのわずかなのに、その何倍も価値があると思われる稀少な本がたびたび手に入った。

ほとんど店をあけないことをのぞけば、古本屋としては文句なくいい店だったが、謎めいたところがいくつかあって、まずは前述したとおり、電話番号がわからなかった。というより、電話は通じていなかったのだろう。黒い旧式の電話機が本の山の上に置かれ、あきらかに長いあいだ埃《ほこり》をかぶったままだった。

これは棚にならんだ古本も同じことで、背表紙を目で追ってゆくと、あらかたは啓蒙的な思想書で占められていた。どの本も棚から抜き出された形跡がなく、棚と一体化して、書名もよく読めないほど黒ずんでいた。

だから、棚にならんでいる本にこちらが望むような宝はないと知っていた。この店の逸品は店主自身が地下の倉庫から掘り出してくる品々の中にあった。

どういう構造になっていたのかわからないが、店内の床の一部である妙にでこぼことしたコンクリートの一角に縦横六十センチあまりの四角い木戸があり、マンホールの蓋《ふた》をあける要領で戸をひらくと、地下へかけおろした傷だらけの梯子《はしご》が見えた。小柄で初老の店主はその梯子を行き来しては、地下からつぎつぎと本を取り出してくる。それは、どう見ても客のためにそうしているのではなく単に本の整理をしているといった様子で、持ち出してきた本をひたすら黙々と積みあげていった。こちらとしては、棚にめぼしいものはないと知っているから、当然、地下から上がってくる本に興味がある。積みあがった本に目をこらして、「あの」と店主に声をかけた。

「この本ですけど」

題名や装幀が気になって指先を背表紙にあてると、店主は床の穴から頭をつきだして、「それは二百円」と、ほとんど即興的な値づけをして、信じられないくらいの安価で頒《わ》けてくれるのだった。

こうして手に入れた何冊かはいまも私の本棚にあるが、先だって棚の整理をしていたとき、奥から白い包みが出てきて、まずはその包み紙に自然と反応していた。それこそ、あの名前のない古本屋の包装紙にちがいなく、店主はまるで焼き芋をつつむように、その真綿みたいに白い紙で本をくるんでくれたものだ。

しかし、なぜくるまれたまま本棚の奥に眠っていたのだろう。

包みを解いて察しがついた。中から出てきたのは昭和初期の映画館が発行していたB6サイズほどの小型パンフレットで、わずか四ページや六ページの、いわば紙きれを折りたたんだものである。そこへスミもしくは渋いグリーンやブルーといった単色で上映中の映画や次回上映の宣伝が刷ってある。

こうした小さなパンフレットは当時の封切館に限らず、町の二番館、三番館でも独自につくられていた。当然のように二本立てや三本立ての上映で、メインとなる映画がスチール写真入りで大きくあしらわれ、併映される作品については、タイトル、監督名、出演者のクレジットと、およそのあらすじが紹介されている。

そうしたパンフレットが、数十冊、凧糸《たこいと》で結《ゆ》わかれていた。糸をほどけば、それぞれは心もとない紙っぺらでしかなく、なるほど本棚にならべておくのはいかにも難しい。それで、糸をほどかないどころか、買ってきたまま棚の奥にしまいこんでいたのだろう。

私がその古本屋に通っていたのは四半世紀前のことで、なにしろ月を見上げるよりほかないところだから、古本屋へ行かなくなれば、そのあたりへ出かけてゆく理由もない。だから、古本屋のこともすっかり忘れていたし、棚の奥にそんなものをしまいこんでいたことも失念していた。

ただ、どうしてそれを買ったのかはよく覚えている。

私は古本屋用語で云うところの、いわゆる「紙もの」を集めていて、本ではないもの、もしくは、本のかたちは成していないけれど、考えようによっては本の断片に見立てられるようなものに魅《ひ》かれていた。

たとえ、ただ一枚の紙きれであっても、一応、紙面に文字があって、読めば、その奥に物語や詩情がほの見える。そうしたものから自分の探している物語が見つかるという経験がこれまでに何度かあった。端的にいえば、古本屋で見つけた一世紀近く前のチラシをもとに小説を書いたことがある。

こうした紙片は「エフェメラ」と呼ばれていて、にわか勉強によると、ギリシア語で「一日限り、もしくはきわめて短い期間のみ存在するもの」を意味する。こう書くと、いかにもめずらしく儚《はかな》いものに思えるが、「存在する」を「有効である」に置きかえれば正体があきらかになってくる。

たとえば、鉄道の切符や映画や芝居やコンサートのチケットなど、「一回限り有効」であるものは、これすべてエフェメラである。実際のところ、エフェメラは毎日のように発行され、それ自体は特にめずらしいものではない。

エフェメラが別の意味で「有効」となるのは、チケットと引きかえに手に入れた時間や経験が、時が経つにつれて「もう二度と得られない」と実感されたときである。そのとき、その紙きれは失われたものを呼び戻すための磁石となり、空想的な意味においての入場券や旅券となる。消えかけた記憶を反芻《はんすう》するきっかけになり、忘れられた過去をホログラムのように浮かび上がらせる夢のような装置のかわりになる。

ただしこれは、のこされたエフェメラが自分の経験と結びついているときに起こりうるもので、自分と関わりのないチケットを手にしても、なんら呼び覚まされるはずがない。ところが、どういうわけか、関わりのないエフェメラがこちらの記憶の底にあるものと響き合い、あたかも体の中に他人の記憶が入りこんできたかのように見ず知らずのものに郷愁を覚えることがある。

そうした感興がひさしぶりに起きた。

名なしの古本屋の白い包装紙をひらき、束《たば》ねた凧糸を鋏で切って、購入以来、手つかずだったパンフレットを机の上にひろげてみた。全部で三十八冊あり、どこか特定の映画館のものを集めたのではなく、映画館はおろか、時期も土地もさまざまで、博多の映画館もあれば、名古屋や仙台の小屋が発行したものもあった。

こうしたものには発行年月日が記されていない場合があり、そうなると唯一の手がかりは上映された映画の封切日《ふうぎりび》で、正確な年月日をデータベースから拾うのは簡単だが、二番館のものであったりすると、封切からそれなりの時間が経っていることがある。よりB級、C級の小屋となれば、何年も前の作品を、「乞う御期待」とあおって、いかにも封切したばかりであるように装っていることもある。

そうした身元不明のパンフレットは資料価値が一段落ちるのだが、白い包みから出てきたものは見ばえもよく、たぶん、購入した動機もデザインがよかったからだろう。

とりわけ目をひいたのは、表紙がオレンジ色とスミの二色で刷られたもので、アブストラクトなタッチの男女のイラストレーションが描かれていた。全八ページで、六ページ目のノドぎわに「昭和七年九月廿二日発行 名古屋若宮 松竹座」とある。これで時期も場所も館名もわかり、めずらしく印刷所も記してあって、「大阪プラトン社」とあった。プラトン社といえば、「女性」「苦楽」といったモダンな雑誌を刊行していた大正時代に興隆した出版社だが、昭和を迎えてまもなく廃業しているので、同じ会社であるかどうかはわからない。

こうした、たった一行の情報が、俄然《がぜん》、輝きを放つのがエフェメラの面白いところなのだ。しかしだからといって、何がどうということもない。「なるほど」などと訳知り顔で頷きながらページをめくっていたら、

チョコレート・ガール

とゴシック体で刷られた映画の題名が目にとまった。

ふいに一切の音が消えたような感覚におちいり、「チョコレート・ガール」という文字のならびが、そこだけ紙面から浮き上がって見えた。

どうしてなのかわからない。

なにしろ、そのパンフレットを買ったのは四半世紀前のことで、もうひとつ記憶が定かではないが、買うときに三十八冊の中身をひとつひとつ確かめたとは思えない。店主が即興で決めた値段は千円くらいのはずだから、ざっと表紙だけを見て、気安く決めたのだろう。となると、中のページを見たのは今回が初めてで、少なくとも「チョコレート・ガール」という字面に覚えはなかった。

しかも、タイトルのあとに控え目な明朝体で、「原作脚色 永見隆二　監督 成瀬巳喜男」とある。

「成瀬巳喜男の映画なのか」と思わず声が出た。

それほど熱心な観客ではないけれど、成瀬監督のおもだった作品は銀座の〈並木座〉でひととおり観ていた。それだけでは飽き足らず、京橋のフィルムセンターで生誕百年を記念した特集上映が組まれたときは、仕事をサボって通いつめた。

たしか、フィルムセンターでの上映はサイレント期までさかのぼった網羅的《もうらてき》なもので、もしそのとき、このタイトルを目にしていたら、仮に映画そのものを観なかったとしても、なんらかの強い印象をもって記憶に刻まれているはずだ。しかし、まったく初めて目にするタイトルのように思われた。

いや、初めてであるとか、記憶にないとかはこの際どうでもよく、単純に「この映画観たい」と椅子から立ち上がってしまうほどの強い引力をもっていた。

それでは、とばかりにスマートフォンを取り出し、画面に指先をすべらせて、「チョコレート・ガール 成瀬巳喜男」と検索すれば、すぐに詳細な情報が得られるはずだ。

しかし、そうしなかった。検索をすれば、この映画が現存するのかしないのか、ただちにわかる。もし現存しているなら、ビデオやDVDといったソフトになっているかどうかも判明する。さらに云うと、八十四年前の作品なのでパブリック・ドメインということになり、ネット上に映画そのものがアップされていて、検索結果のリンク先で全編を鑑賞できるかもしれない。

が、ひとまず検索はせずに、いましばらく踏みとどまった。そう書きながら自分でも笑ってしまう。こんな大げさな云い方がおかしくないほど、検索で答えを得ることはもはや常識なのだ。

しかし、ここはひとつ踏みとどまりたかった。さっさと答えを知ってしまうのが勿体ないような気がしたからである。

＊

いまはどうか知らないが、その昔、映画館は身を隠すところだった。

というより、私がよく行っていた映画館はいずれも街なかの穴ぐらのようなところで、路地の奥や狭い階段をおりた空気の悪い地下にあった。

いまでも探せば、そうした映画館はあるだろうが、いつからか、シネマコンプレックスと呼ばれる巨大な施設に足を運ぶ機会が多くなっていた。いくつかのシネコンは街から離れた郊外にあり、かつての穴ぐらとはまったくの別ものである。

繰り返し云うが、映画館は身を隠すところで、ちょっとした気まぐれや、鬱々《うつうつ》とした厭世観《えんせいかん》に苛《さいな》まれて、ふらりと逃げこむのが常だった。もちろん座席の予約などしないし、そもそも指定席など用意されていない。窓口で払う料金も千円札でおつりがきた。

〈並木座〉がまさにそうで、その当時は銀座で仕事をすることが多かったので、行き帰りに〈並木座〉でよく映画を観た。邦画の専門館であり、それもむかしの作品を中心に特集が組まれ、小津安二郎も溝口健二も成瀬巳喜男も最初はここで観た。地下にあって、いい感じに狭く、銀座の街なかからわずか数分で逃避できるのがなによりだった。

とはいえ、束の間、世間から身を隠したいという願望がかなえばそれでよかったので、大変に失礼な話だが、映画の内容はさして気にとめていなかった。いまは、それこそスマートフォンひとつあれば、ワンタッチで二次元に逃避できる。あのころは街なかの逃げ場を紫煙《しえん》まみれの喫茶店と映画館の暗がりが一手に引き受けていて、紫煙が苦手な私は暗がりを選択するしかなく、繰り返し逃避するうち映画そのものが面白くなった。

そこから先は少々マニアックな話になる。

もっと、むかしの日本映画が観たいと、うわごとのように唱え始めたのだが、そのころはまだ容易に観る術《すべ》がない。上映の機会もソフトの数もきわめて少なく、仕方なく資料となる本を集めて、いずれ観てみたい作品を脳裡《のうり》にリストアップしていった。

そうした中、少なからぬ衝撃とともに資料に教えられたのは、戦前の日本でつくられた映画の多くが現存していないという事実だった。正確な数字が把握《はあく》されているわけではないが、現存が確認されているフィルムは全体のわずか一割で、わかりやすく云うと、百本のうち九十本は存在が確認されていない。この先、発見される可能性がないことはないが、資料をめくってもめくっても、「不明」や「未確認」といった言葉がならぶばかりだった。

戦争を境に現存の有無が大きくわかれるので、大半が戦火に遭《あ》って焼失したと考えるのが順当である。が、それ以前の問題として、一九五〇年より前につくられた映画のフィルムは素材自体が非常に燃えやすいものだった。火に弱い、という意味だけではなく、素材そのものが高温にならなくても自ら発火してしまうのである。

〈並木座〉の闇に耽溺《たんでき》していたころ、私の仕事場は六本木の古びたマンションの中にあった。隣の部屋にいわくありげな男が住んでいたのを思い出す。もっとも、このマンションは建物全体がいわくありげで、人種も職業もさまざまで、正体不明な住人ばかりが集まっていた。

隣の男はロビーの郵便受けにも部屋のドアにも名前を掲げず、たまにエレベーターで乗りあわせても、いっさい喋《しゃべ》らなかった。日本人のようだったが瞳の色がどことなく薄く、中肉中背で、いつ見ても地味な格好をしている。外出するときも外から帰ってくるときも常に手ぶらで、何の仕事をしているのかまったく手がかりがつかめなかった。

私はそのころ写真週刊誌のレイアウトの仕事をしていて、曜日に関係なく締めきりがあったから、日曜日も仕事場へ出ることがよくあった。隣の男もまるで曜日に関係なく過ごしているようだったが、じつは、日曜日だけいつもと違うことがあった。

壁をとおして女の声が聞こえてくるのである。

ふだんは女の声どころか、くしゃみのひとつも聞こえなかったのだが、日曜日に限って、あきらかに若い女性の声が壁に響いた。何を話しているのかわからないが、ときどき男の声も聞こえてくる。

ある日曜日の夜に外で食事をしてマンションのロビーに戻ってきたとき、ちょうどエレベーターから男が出てきて、隣にどう見ても未成年と思われる、はっとするような美少女を従えていた。少女は白いシャツにチョコレート色のコートを羽織り、小さな空色のリボンで長い黒髪をむすんでいた。ふたりは短く言葉をかわし、すれちがいざまで何と云ったか聞きとれなかったが、声は間違いなく壁ごしに聞こえるあの声だった。男はめずらしく大きな鞄をさげていて、私はそのあと遅くまで仕事をしていたが、その夜は隣の部屋に人の気配は戻ってこなかった。旅行にでも出たのかもしれない――なんとなくそう思った。

ところが、翌日の午後に仕事場に出ると大変な事態になっていた。

ロビーに入ったときから、なにやら焦げたようなにおいが鼻につき、においの出所は隣の部屋で、ドアがまるごと黒焦げになっていた。幸い、こちらには何の被害もなかったが、ボヤの火もとは男の部屋に置いてあった映画のフィルムだったと後で聞いた。

男はそのあとほどなくして部屋を引き払い、「娘さんと一緒に住むことにしたらしい」と、これもまた後になって管理人から話のついでに聞いた。

フィルムは完全に燃えつきてしまったというが、その映画の題名がなんであったかは、残念ながら聞きそびれたままである。

チョコレート・ガール探偵譚

2

思いがけず、本棚の奥からあらわれた〈名古屋若宮 松竹座〉発行のパンフレットについて、まずは外枠から調べてみた。

外枠というのは映画そのものではなく劇場のことなのだが、名古屋に不案内な私でも、劇場の所在地である若宮という地名が名古屋の中心街を横ぎる「若宮通り」の若宮に違いないと見当がつく。

通りの名の由来は名古屋の総鎮守《そうちんじゅ》のひとつである若宮八幡社からきていて、この神社の近くに松竹座はあった。あったどころか、この松竹座の前身にあたる末広座こそ、明治三十年に名古屋で初めて映画を上映した歴史的な小屋だった。

パンフレットの正式な名称は「SHOCHIKUZA NEWS」（松竹座ニュース）といって、

この手のものとしては、比較的しっかりとした紙に刷られている。縦百九十ミリ、横百二十八ミリの四六判サイズで、表紙には前述したとおりアブストラクトな男女のイラストがあしらわれ、裏表紙は「クラブ白粉」の全面広告となっている。この表紙と裏表紙を加えて全八ページ。その三ページ目に「チョコレート・ガール」はあった。

ページの頭に「本日は有難うございました。又來週も素晴らしい番組です。ぜひどうぞ！」とあり、「可愛いゝ後家さん」「チョコレート・ガール」「不如帰《ほととぎす》」の順で三本の映画が紹介されている。それぞれの謳《うた》い文句やスチールはひとつもないが、どうやら、この三本が「來週」の「素晴らしい番組」を指し、文脈から察して、このパンフレットは毎週発行されていたものと思われる。

三本の映画は「物語」と銘打って、およそのストーリーが記されているのだが、「チョコレート・ガール」の「物語」は次のようなものだった。

「キャンデーストアの女店員美江子は仲のよい大學生水島と岡本に誕生日のパーティに誘はれたので、職工をしてゐる従兄の健作と約束してゐた映畫館ゆきをやめて、その翌日、水島家を訪れた。パーティで美しい美江子は斷然その中の花だつた。健作は約束の時間に美江子を訪ねたが、既に水島家へ行つた後だつたので美江子の弟を連れて街に出た。その歸り途健作は美江子に逢つたが、約束を反古されたことも怒らず、二人は間もなく仲直りした。あくる日、店で働いてゐる美江子の前に現はれたのは、きのふ水島の家で紹介された洋子とあき子だつた。偶然美江子をこゝで發見した彼女たちは散々皮肉を云つて美江子を憂鬱にした。そしてそこへ來た岡本から水島が許嫁を迎へに驛へ行つたことをきゝ驚いたが、やがて寂しく諦める。」

二度、三度と読んで、ようやく、およそのストーリーを理解したが、一読ではどんな物語なのかよくわからない。おそらくは大学生の水島という男が鍵で、ここには書かれていないが、美江子はパーティで出会った水島に恋心を抱いてしまうのだろう。ところが、水島には許嫁《いいなずけ》がいて、美江子は「やがて寂しく諦める」と最後に書いてある。これはもしかすると、この一行がそのまま映画の結末なのだろうか。

もしそうだとすれば、当時、名古屋の松竹座においては、翌週に上映する映画の筋を結末に至るまですべて告知していたことになる。いまは「ネタバレ」という言葉に集約されて、物語の結末を明かすことは、ほとんどタブーと化している。世の風潮としてもそうだが、私の古い友人であるS氏は、結末どころかその映画に関わるいっさいの情報をシャットアウトするべく、じつに徹底した情報規制をしている。彼は公開前にこれという作品を見つけると、そのタイトルだけをしっかり記憶して予告編も見ない。あらゆる宣伝を見聞きしないよう細心の注意を払い、万が一、誰かが「そういえば、あの映画は」と話し始めたときは、即座に耳をふさいで、「ああ」と大きな声を出す。

「一度、満員電車の中で、目の前にいた二人組がこれから観ようと思っていた映画の話を始めたんです」

「で？　まさか、耳をふさいで大声をあげた？」

「いえ、そのときは冷静にイヤホンを取り出して音楽を聴きました」

もし、彼が何かの間違いでこのパンフレットを読んでしまったら大変に憤《いきどお》っただろう。いや、彼に限らず、昭和七年当時の観客はこうした事態をどう受けとめていたのか。あるいは、このころは映画における「物語」は、さして重要視されておらず、特に結末については、いまほど取り沙汰されていなかったのかもしれない。

とそこで、この映画がサイレント映画であることに気づいた。「物語」の脇に「解説部」とあり、

加賀美一郎　若宮香朗　藤岡吟波　住吉夢岳

と四人の名がならんでいる。さらに「撰曲」とあって、そこには、

法月萬吉　村田七光　小野澤倉太郎

と三人の名がある。

おそらく、前者は弁士で、後者は伴奏者《ばんそうしゃ》だろうか。黎明期《れいめいき》の映画作品が音声をともなっていなかったことは重々承知していたが、こうしてあらためてその事実に直面すると、いろいろな意味で興味深かった。

たまたま手に入れたのは名古屋・松竹座のパンフレットだったが、もちろん東京にも松竹座はあったわけで、およそ同じようなプログラムで上映していたと思われる。もし、このときが封切であれば、いくつもの映画館で同時に「チョコレート・ガール」は

公開されたはずである。いまさらのように驚いてしまうが、プリントされた映像はどこで観ても同じだろうが、弁士と伴奏は当然ながら館ごとに違っていたわけである。

つまり、名古屋の観客と東京の観客は、同じ映画を観てはいたが、解説と音楽は別ものだった。

ただ、解説はともかく音楽については、同じ音楽を伴奏に使っていたのではないかと勝手にそう思っていた。映画ごとに譜面があり、場面に見合った音楽があらかじめ指定されているか、もしくは書き下ろされているものと認識していた。

しかし、このパンフレットに記された「撰曲」の二文字がそうではないことを示唆《しさ》している。「伴奏」や「演奏」と記されていないので確かなことは云えないが、おそらく、この三名はピアノ、ヴァイオリン、チェロの奏者で、この三つの楽器によるトリオ演奏が無声映画の伴奏音楽の定番であったと何かで読んだ。

わずかな可能性として、いまで云うところのＤＪがレコード盤から「撰曲」をして蓄《ちく》音器《おんき》で流したという可能性もないことはないが、それにしては、三人もの名前がならんでいるのはいかにも不自然である。仮にトリオではなかったとしても、この三人は器楽奏者であるに違いない。

ちなみに「選曲」ではなく「撰曲」であるのは、この当時ならではの漢字づかいでそうなっているようにも思われるが、字典によると、「選」はまさに選ぶことだが、「撰」には選ぶことに加えて編集の意向が加わる、とある。なるほど、「撰」の字のつくりは手へんで、エディターの手が加えられているというわけだ。

このことから考えるに、やはり土地や館ごとに楽師がいて、彼らはそれぞれに曲を選んで編曲しながら映像に合わせて伴奏をしたものと思われる。音楽が変われば映画そのものの印象も違ったはずで、それこそ、東京の劇場で観たものと名古屋の小屋で観たものは、同じ映画でありながら別の映画のようであったかもしれない。そう思うと、映画の上映というものは、黎明期の方がずっと自由で解釈の余地が広かったとも云える。

これは、解説すなわち弁士についてもより顕著《けんちょ》で、なにしろ、弁士の解説は「物語」そのものに直接かかわってくる。場合によっては、弁士の語りによって「物語」が自在に変化したのではないかと想像されるのだ。

そこで、いくつかの疑問が浮かんできた。

一、サイレント映画には脚本や台本と呼ばれているものがあったのか。
二、もし、あったとしたら、それらが弁士にも手渡されていたのだろうか。
三、もし、基本となる台本がないとしたら、代わりに弁士向けの「解説用台本」のようなものがあったのか。
四、それもないとしたら、弁士はそれぞれ独自な解釈によって説いていたのか。
五、もし、そうであるなら、「物語」というものを考えるうえで、じつに興味深いことではないか。

「もし」ばかりが連続してしまったが、いずれも解明しがいのある「もし」である。

幸い無声映画時代の資料はそれなりに残されているから、これらの仮定を解き明かすことは、おそらくそれほど難しくはない。だから、それは後々の宿題にするとして、まずはもう少し「チョコレート・ガール」という映画について探索してみたい。

＊

当然、インターネットを駆使《くし》すれば、ある程度の情報は得られるだろう。が、いましばらくネットに立ち入ることは控えて、あえて前時代的な方法で情報を集めてみた。

まずは件《くだん》のパンフレットに記されていた残りの情報だが、「物語」「解説部」「撰曲」のほかに、スタッフとキャストのクレジットが明記されていた。これはきわめて重要な基本情報である。

原作脚色　永見隆二
監督　成瀬巳喜男
撮影　猪飼助太郎

キャスト
美江子……水久保澄子
その母豐子……富士龍子
弟英坊……突貫小僧
従兄職工健作……結城一朗

叔父　萬郎……新井淳
大學生水島……加賀晃二
同岡本……大山健二
健作の相棒留公……小倉繁

これですべてである。

少なからず昔の日本映画に興味をもっているようなことを書いた手前、大変書きにくいのだが、ここにならんだ名前の中で知っていたのは、わずかに成瀬巳喜男と突貫小僧の二名だけだった。あとはまったくの初耳である。

が、パンフレットの「物語」から推察すると、キャスト表の先頭にいる水久保澄子という女優が主役を演じているのは間違いない。そう思って、舌の上でその名を転がすうち、うっすらではあるが、その名を目にしたことがあるような気がしてきた。彼女は「キャンデーストアの女店員」であり、この時代のキャンデーストアといえば、森永製菓のカフェ・レストランである「森永キャンデーストア」が思い起こされる。

以前、東京駅と丸ビルについて調べたときにその存在を知り、その際につくった自分用のノートを引っぱり出してくると、「大正十二年（一九二三年）森永キャンデーストアの一号店が開店」とメモ書きされていた。

製菓会社が営んでいるレストランというと、私の世代では「不二家レストラン」の方に親しみがあり、幼少期の記憶を探ってみても、「キャンデーストア」といういかにも魅惑的《みわくてき》な響きに覚えがない。銀座の「有楽座」や「日比谷映画」まで怪獣映画を観に行ったのはよく覚えているし、銀座といえば、巨大な地球儀を模《も》した森永の回転広告塔を思い出す。が、映画の帰りに「キャンデーストア」でチョコレートパフェを食べたというような甘美な記憶はない。

いずれにせよ、「チョコレート・ガール」というタイトルが示しているのが、「キャンデーストアの女店員」美江子＝水久保澄子であることはほぼ疑いようがなく、しかし、このパンフレットからうかがい知れる「チョコレート・ガール」はそこまで止まりだった。

調べてみたいことが沢山ある。

当時の無声映画の上映とはいかなるものであったか。とりわけ弁士と伴奏者の仕事はどのようなものであったのか。そして、水久保澄子という女優はどのような人物であったか。さらには、キャンデーストアとはどのようなものであったのか。

そうしたいっさいが、チョコレートという言葉に要約されているように思われる。無声映画も水久保澄子もキャンデーストアもこの世から姿を消して久しい。しかし、チョコレートだけは当時とほとんど変わらず、極薄の銀紙に包まれて、いまも甘く苦く、われわれの身のまわりにある。

私はあらゆる菓子の中でチョコレートこそ最良のものであるとかねがね主張してきたが、こうして「われわれの身のまわりにある」と書きながらも、そのフィジカルな実感にあらためて驚かされる。

たまたま、この文章は台所のテーブルで書かれていて、テーブルの上にも食べかけのチョコレートが一枚あって、冷蔵庫や棚の中にもいくつかしまわれている。ここから最寄駅まで歩いて十分ほどだが、その途上にスーパーマーケットが一軒とコンビニエンスストアが三軒あって、これに駅構内の売店を加えれば、いったい、どれほどの数のチョコレート菓子が自分の身のまわりに存在しているのだろう。

＊

宿題と課題がいきなり増えてしまったが、いまはとにかく手もとに一冊のパンフレットがあるだけだ。

スマートフォンなりパソコンなりを操《あやつ》り、検索窓に「チョコレート・ガール」や「水久保澄子」といった文字列を打ち込めば、すぐにいくつもの情報が得られる。そのあっけなさにいつも愕然《がくぜん》とさせられるが、いましばらく検索の誘惑をおさえて自分の書棚を探ってみた。

たしか、成瀬巳喜男の全作品を紹介した本があったはずと探すこと小一時間。ようやく発見されたのはフィルムアート社から刊行された『映畫読本 成瀬巳喜男 透きとおるメロドラマの波光よ』という一冊で、「名匠・成瀬の全貌《ぜんぼう》を初めて集成」と帯に謳われているとおり、目次を確認すると、そこに「チョコレートガール」はたしかにあった。

パンフレットの表記と異なってチョコレートとガールのあいだの中黒がないものの、制作は一九三二年（昭和七年）で、パンフレットの発行年とも符合《ふごう》している。B５サイズの半ページを使った紹介で、最初にスタッフとキャストが記されていた。

照合すると、パンフレットの記載とほぼ一緒で、「サイレント　一五三九メートル（６巻）」というデータと「８月26日　浅草帝国館」と封切の記録が追記されていた。そのあとに八行ほどの簡単な解説と十七行にわたるあらすじがつづき、この合計二十五行の中にいくつもの発見があった。いや、これを「発見」と感激しているのは自分だけで、たいていの成瀬ファンはこの記述を基本としているはずだ。

人気急上昇、片岡千恵蔵やマキノ正博までファンになった水久保澄子主演の青春映画。「国民新聞」懸賞映画小説当選作を作者自身が脚色。実は明治製菓とのタイ・アップ、とは感じさせない、抒情流れる佳作となった。蒲田駅前に明治製菓の喫茶店があり、成瀬も常連で、観察行届き、〈成瀬巳喜男の正統派的映画手法は、幾分定石的とも思われる程の、スマートさに貫かれている〉（和田山滋）。翌年の

『君と別れて』の先駆的作品となる。

ものがたり　美江子はキャンデーストアのウェイトレス。公休日に職工をしている従兄の健作と映画に行く約束をしていたが、大学生の水島に妹の誕生パーティに誘われる。美江子は遠慮するが、友人・岡本の妹として紹介すると口説くので、つい健作との約束を反故にして水島の屋敷へ。美しい美江子はパーティの花だった。翌日、パーティで会った洋子とあき子が美江子の店に偶然やって来て、正体見たりと笑い物にし、チップまでおく。そこに同僚・敏子が、「当店ではチップはいりません。お釣りを。何ならチョコレートをさしあげます。（一枚を美江子に渡し）この娘はチョコが好きで、全くのチョコレートガールなんです」とやっつける。そこへやって来た岡本から、水島が許嫁を迎えに行ったと聞き、美江子の淡い恋は消えた。

帰宅すると叔父が縁談を持って来ていた。母は乗り気、すでに仲直りしていた健作も賛成するので美江子も決心。丸髷を結って東京駅を出発した。

金曜日のラジオ

2

いつでも「探偵譚」を書きたいと思っている

吉田篤弘 text by Atsuhiro Yoshida

◉皆さま、今晩は。午後十時がやってまいりました。「金曜日のラジオ」の時間でございます。第二夜は『チョコレート・ガール探偵譚』についてお話ししてみたいと思います。

◉これは、ただいま連載中のものを除くと、最新作ということになるのですが、このたび、〈金曜日の本〉という括りで、この『チョコレート・ガール探偵譚』と同時に『フィンガーボウルの話のつづき』を刊行いたしました。『フィンガー』のオリジナル版は、いまからじつに十八年前に刊行された、ぼくのデビュー作で、つまり、最旧作と最新作が同時に刊行されるという、なかなか感慨深いことが実現しました。同時に刊行されるので、二冊同時にテキストを読み直してチェックしたのですが、企んだわけでもないのに、ちょいと面白いシンクロが起きました。

◉『チョコレート』は、水久保澄子という幻の女優を追って書いたものですが、集められた情報が必ずしも正確であるとは云い難く、その多くが眉唾ものではないかとすら感じました。はたして、彼女の人生を不確かな情報から書き起こしていいものかと、ずいぶん考えさせられたのです。で、一方の『フィンガー』では架空の人物ではありますが、ジュールズ・バーンという謎の作家を追っていて、追い詰めたところで「Don't Disturb Please」＝「起こさないでください」というホテルの部屋のドアノブに引っ掛けたメッセージ・シートに突き当たるのです。『チョコレート』を書き進めてきた自分が突き当たったのも、やはり同じメッセージで、誰もそんなことは云っていないのですが、そんな声がどこからから聞こえてきて、思わず、途中で立ち止まってしまいました。

◉もし、立ち止まらずに、ドアノブをまわして部屋の中に踏み込んでいたら、あるいは、この本はもっとノンフィクション作品に近づいていたかもしれません。ここに書かれていることはすべて起きたこと経験したことをそのまま書いているのですが、どういうわけか本当のことを書いても「小説（フィクション）のようだ」と評されてしまうことが多く、そこのところは少しばかり残念に思っています。

◉というのも、ぼくはいつでも架空より現実の方が、ずっと物語的で、おかしく、悲しく、奇妙で、怖いと感じているからで、今回のような本は、とりわけそうした現実の豊かさを伝えたくて書いたのです。できれば、こうしたスタイルのものを、今後も積極的に書いていきたいと思っているので、「これは本当のことです」と書いたときは、どうか言葉どおりに受け取っていただけたら幸いです。

◉ぼくは、どうやら「おいしいものを最後にとっておくタイプ」らしく、そんなことは一度も考えたことがなかったのですが、もし、自分が、「おいしそうなもの」＝「非常に重要な手がかりになるのではないかと思われるもの」を先に食べてしまうタイプであったら、この本は第三章あたりで終了していたかもしれません。

◉できることなら、自分の書く文章は、小説であれ、ノンフィクションであれ、散文詩であれ、戯曲であれ、どんなものを書くときも、探偵小説のように書けないものかと思っています。今回は特に意識的になったので、初めて表題に「探偵」という言葉を入れました。

◉云ってみれば、すべてが「探偵譚」であると思っていますし、これから書くものも、探偵の成分が多かったり少なかったりするかもしれませんが、心意気としては探偵小説を書くつもりで書いていきたいと思っています。

◉こうしたことは、アイディアを思いつくコツとどこか似ていて、本当のことを云うと、そんなコツはないんですが、しいて云うと、自分の場合、アイディアは無知から生まれてくることが多いのです。知らないから、仕方なく「考える」んですね。答えを知っていると、人はそのことについて、それ以上、考えません。考えずにボーッと生きてしまう。これは某国営放送の人気番組がすでに証明しています。

◉たとえば、どうして人は泣きながら生まれてくるのでしょう。どうして人は祈るときに右手と左手を合わせるのでしょう。ぼくはその答えを知りません。ずいぶん前からその問いに答えようと考えつづけているのですが、いまだに正しい答えを知りません。ハズれてもいいのです。というか、ハズれてはいるけれど、自分としては「なかなか、いい答えではないか」と思えるもの、それがそのままアイディアになることが、しばしばです。

◉『チョコレート』を書きながら、仕事をサボって、昔の日本映画ばかり観ていたころを思い出しました。いま思うと、どんどんつまらない街になっていく東京に嫌気がさし、昔の東京の空気を味わいたくて、映画館の闇に逃避していたのでしょう。

◉ある映画館で、とうの昔に引退したある女優の特集が組まれ、日替わりのプログラムを、毎日通って観つづけたことがありました。客席はいつも空いていて、少ないときは、五人しかいなかったこともありました。さほど有名ではない女優さんだったのです。観客が五人しかいなかったとき、いちばん後ろの席で観ている初老の女性が、ときどき、とても大きな声で、いかにも愉快そうに笑っていました。誰も笑っていないのに、そのひとだけが笑っているのです。何度か繰り返されるうち、その笑い声とスクリーンの中から聞こえてくる女優の笑い声がまったく同じであると気づきました。そのひとは自分が出演した映画を観にきていたのです。

◉次の日も、その次の日も、彼女は笑いながら観ていました。この経験をいつか小説に書こうと思い、やがて、『それからはスープのことばかり考えて暮らした』という小説を書きました。

興味深いことが多々ある。チョコレートの銘柄《めいがら》が森永ではなく明治製菓であり、しかも、タイ・アップであったこと。水久保澄子が千恵蔵やマキノ監督までをも魅了《みりよう》した女優であったこと。これには一目瞭然《いちもくりようぜん》の証拠があって、パンフレットにはなかったスチール写真がこの本には掲載されていた。画面の左半分を占めるその顔は誰もがはっとするような麗《うるわ》しさで、キャプションがないので確定ではないが、この美女が水久保澄子なのだろう。

しかし、写真のありがたさもさることながら、私が注目したのは、

「国民新聞」懸賞映画小説当選作を作者自身が脚色。

という一行だった。これを読む限り、この映画には原作にあたる小説が存在し、それを作者自身が脚色したということは、その作者はスタッフ表にあるとおり永見隆二なる人物ということになる。

永見隆二とは誰だろう。その原作にあたる小説を読むことはできないのか。

この『読本』によると、「チョコレートガール」はフィルムが未発見で、少なくとも

この本が刊行された二十年前の時点では、いわゆる「幻の映画」とされていた。

しかし、私の興味と疑問はその先にあり、フィルムが現存しないのであれば、ここに記されたあらすじにある、いかにも映画そのものを観てきたような記述はどのようにして成し得たのだろう。フィルムは存在していなくても、脚本や台本が残されているのだろうか。

いや、そうでなければ、「(一枚を美江子に渡し)」といった描写が、どこからきているのかわからない。

チョコレート・ガール探偵譚

3

それが存在しているのか、していないのか。はたして、あるのかないのかと思いめぐらすとき、そこにそれが「ある」ことを証明するのは科学者か哲学者の仕事になる。

しかし、「ない」ことを証明するのは、おそらく誰の手にも負えない。

「ない」と口にするのは簡単で、実際の話、八方手を尽くして見つからなければ、「ない」「ありません」と、ひとまずはそう云うしかない。

しかし、(本当にないのか)とあらたまって自問すると、(いや、本当はどこかにあるのかもしれない)と別の考えが頭をもたげてくる。

それはまだ発見されていないだけで、誰の目にも届かないところに、じつは存在しているのかもしれない。

以前、ある撮影スタジオで写真家のM氏と仕事をしたとき、M氏は同時に別の仕事もしていて、古びたスクラップ・ブックをひろげては中の写真を次々と複写していた。かたわらに積み上げられたスクラップ・ブックの表紙には「東宝」の刻印が入っていて、中を覗いてみると、そこに貼られていたのは成瀬巳喜男監督の「浮雲」の撮影時に撮られたと思われるスチール写真と大量のスナップ写真だった。

スチールの方はこれまで何度も目にしてきた主演の二人——高峰秀子と森雅之をとらえたもので、スナップの方は記録用にのこされたものらしく、ロケ地の様子から始まって、見覚えのあるシーンに演出をつける監督の姿、主役二人のオフショット——それも撮影の合間のプライベートに近い姿までを余すところなくおさめたものだった。

いや、言葉の弾みで、つい「余すところなく」などと書いてしまったが、「浮雲」は六十年以上前の作品で、もちろん現場に立ち会ったわけでもない。だから、本当は「余すところ」はあったのかもしれないが、写真の枚数は数百枚という表現では足りないくらいの数で、連写されたものが多々あり、ほとんど執拗《しつよう》と云っていい克明な記録には、

「余すところなく」の気迫がこもっていた。

　複写された写真はその後、高峰秀子を特集したムック本に使用され、できあがった本を確認してみたところ、使われたのはスチールが主で、その大量のスナップは陽の目を見ないままだった。

　あるところにはあるのだ、というのがそのときの感慨だった。そんなものはないだろうとタカをくくっていても、じつはこちらが知らなかっただけで、しっかり存在しているということはあるのかもしれない。

　おそらく、あのときのスクラップ・ブックもすみやかに映画会社のアーカイブに戻され、以降、ひっそりと身を隠しているに違いない。

　そう考えれば、「ない」とされている「チョコレート・ガール」のフィルムもこちらが知らないだけで、どこか忘れ去られた倉庫の片隅にあるのかもしれない。『映畫読本成瀬巳喜男』の、あたかも映画そのものを観てきたかのような紹介文を読み、そうした思いがにわかに立ち上がってきた。

　いや、それだけではなく、どういうものか、「チョコレート・ガール」という言葉の響きに見過ごせないものがあった。

もし、フィルムが現存するのなら、もちろん観てみたいし、原作小説や脚本といったものがのこされているなら、ぜひ読んでみたい。いまは、この魅惑的な題名とわずかなあらすじが記された資料しか手もとにないが、胸騒ぎとまでは云わないまでも、胸がおどってしまう理由が自分でもよくわからないし、そうした理由のない動機に導かれた先に何が見つかるのか、何も見つからないのか、しばらくこのまま追いかけてみたかった。

「映画会社のアーカイブ」と先に書いたが、成瀬監督については、ひとつ心あたりがあった。それは映画会社ではなく文学館なのだが、何年か前にその収蔵庫で、「成瀬巳喜男」のネームプレートが掲げられた大量の資料を目にしたことがあった。

＊

世田谷文学館へ行くときは、いつも自転車に乗っていく。自宅から三十分ほどの距離で、千歳台の信号で環八を渡ったら、あとはもうすぐだ。

ここは環八をはさんだ東側に清掃工場の巨大な煙突がそびえ、西側にはやはり巨大なガスタンクが五つもならんでいる。

このダイナミックな風景の只中《ただなか》を一万円で買ったボロ自転車をこいでゆくと、自分が八〇％くらいに縮小された心地になる。これはしかし文学館に向かう通過儀礼としては申し分なく、縮小されて子供に戻ったような素直な気持ちで展示を鑑賞できるのだ。

開催されていたのは映画監督・小林正樹の回顧展で、あらかじめ文学館のOさんに収蔵庫の見学の許可をいただいていたが、バックヤードを訪問する前に、まずは表舞台の展示も観ておきたかった。

こちらの目的はあくまで成瀬巳喜男の資料を閲覧《えつらん》することである。しかし、偶然にも同じ映画監督の展示であるし、ガラスケースにおさめられた貴重な資料——撮影台本や手帳に書かれたメモや書簡といったものを拝観するうち、案外、あっさりと目的に近づけるのではないかという気がしてきた。

そうしてひととおり展示を観終わり、最後のコーナーに差しかかったところで、映画「東京裁判」に使用された音楽が流れ出した。

小林正樹監督の作品は何本か観ていたが、「東京裁判」は観たことがない。だから、音を聴いて、「ああ、これはあの映画の」と云い当てたわけではなく、展示説明のカードにそう記してあったまでである。ブツではなく音楽が展示されているという粋な演出で、短い楽曲が変奏曲のように連ねられ、説明を読む前に一聴して（これは別格だ）と身の引き締まる思いになった。八〇％の効用も手伝っていたかもしれない。

一音の印象からすでに見当はついていたが、作曲者は武満徹であると記されていた。一音一音の密度が高く、冗長なところがいっさいない。聴くほどに、この「東京裁判」のサントラCDはあるのだろうか、いまでも入手可能なのだろうかと、興味は本来の目的から大いに逸《そ》れていった。

会場を出てバックヤードへ案内してもらうためにOさんとロビーで待ち合わせをし、顔を合わせるなり、「あの『東京裁判』の音楽なんですが」と切り出した。

すると、Oさんは今回の展示を担当した学芸員のAさんにさっそく訊いてくださり、あの音源は展示用に特別に提供されたものであると判明した。そうした事情が予期されるようなことが先のカードにも記してあり、正確な文意ははかりかねたが、おそらく、

「東京裁判」はレコードやＣＤといったいわゆるサントラ盤が存在せず、当時のマスター・テープから直接コピーされたものが音源であるようだった。

「ないんですね」と思わずＯさんにそう云ってしまった。

誰も「ない」とは云っていないのに、そういえば展示物の中に「東京裁判」のサントラ盤は見あたらなかったと勝手に補足までしていた。

「どうぞこちらに」

Ｏさんのガイドの声に我に返り、夢から覚める思いで本来の目的である収蔵庫での調査に引き戻される。

「かなりの点数があります」

文学館のホームページに掲載された「コレクション紹介」によると次のとおりだった。


日本映画の名匠・成瀬巳喜男（１９０５～１９６９）旧蔵資料を、ご遺族の成瀬有様より、２０１１年度にご寄贈いただきました。当館では２００５（平成17）年に世田谷フィルムフェスティバル「生誕百年　映画監督・成瀬巳喜男」を開催しましたが、その際にお借りして展示したものを含め、多数の貴重な資料が当館に加わることとなりました。資料の内訳は、本人の書き込みのある撮影台本、2、000点以上にのぼる映画スチールや撮影風景写真、トロフィーなどの受賞記念品、書斎で使用していた文机や愛用の品、蔵書、書簡、文書類などです。

*

収蔵庫の扉は映画などでよく見かける銀行強盗の前に立ちふさがるとんでもなく分厚い金属製の扉である。ダイアルをまわして暗証番号をセットしていく例のあれ――何というのだろう?――が扉についている。盗難と火災から守るために導入された文字どおりの鉄壁だが、こうした収蔵庫はコレクションの保持のために火災の際にスプリンクラーで水を散布することができない。万が一、収蔵庫の中で火事がおきたときは、内部にハロンガスを放出させ、酸素濃度を下げて消火するシステムになっている。そのときにガスが外部に漏れ出ないようにするための完全密閉扉でもある。

と聞くと、なんだかおそろしくなってくるが、荘厳な音とともにひらかれた扉の中に、なおさら身の縮む思いで入ってゆくと、縮小が八〇％から六〇％にまで縮められたようだった。整理棚が林立し、棚にはさまれて閲覧用の机が用意されている。その机の上にOさんが「たとえば、こんなものが保管されています」といくつかの品々をならべて見せてくれた。いましがた展示会場で目にしたようなスケッチ、メモ、台本などがインデックス・カードを伴ってあらわれ、「これは」と前のめりになって文字や絵や写真を追っていく。ちなみに、前述の「コレクション紹介」には成瀬監督のプロフィールが次のように記されていた。

1905（明治38）年、四谷坂町の刺繍職人の次男として生まれた成瀬巳喜男は、1920（大正9）年松竹蒲田撮影所に小道具係として入社。のちに助監督となるも、後から入社した助監督たちが監督に昇進していくのを横目に、ようやく1929（昭和4）年に『チャンバラ夫婦』で監督デビュー。小市民映画『腰弁頑張れ』などで注目されますが、撮影所長の城戸四郎からは作風の近かった小津安二郎と比較して「小津は二人要らない」と言われ、いつまでも監督補の地位にとどまり苦汁を味わいました。やがて成瀬はPCL（現・東宝）に移籍して『妻よ薔薇のやうに』などトーキーの傑作を生み、大監督の道を歩むことになります。（中略）成瀬が松竹を辞めたのは1934（昭和9）年の6月のことでした。PCLの取締役・森岩雄から明治製菓宣伝課長・内田誠を通じて移籍が要請されました。内田は城戸と中学の同窓で森の友人でもあり、成瀬とは『チョコレート・ガール』（1932年）など明治製菓とのタイアップ作品を成瀬が撮っていることから旧知の人物でした。また、成瀬が松竹に辞表を提出し受理された日には、当時明治製菓に勤めていた藤本真澄が蒲田駅前で待っていたといいます。藤本はのちに、プロデューサーとして数々の成瀬作品を手がけることになります。

PCL移籍の理由について成瀬は「蒲田に居るといつトオキイが撮れるのか分らないので非常に寂しかつた。」と、「キネマ旬報」誌の座談会（1929年9月21日号）で語っており、トーキー作品を撮れる場所を求め、当時トーキーの最先端の技術を備えていたPCLに、29歳の成瀬が意欲に燃えて移籍したことがうかがわれます。

今回、文学館を訪問するにあたってはじめてこの紹介文を読んだのだが、いきなり「チョコレート・ガール」が登場していて、「ある」とか「ない」とかの前に、やはり自分は何も知らないのだとあらためて突きつけられた。

もっとも、もし、この紹介文を先に読んでいたら、本棚の奥から出てきた古びたチラシを見つけたとしても、「ああ」と訳知り顔になり、「成瀬巳喜男の『チョコレート・ガール』ね」と何ら引っかかることもなく素通りしていたにちがいない。

いや、それにしてもである。松竹から東宝への移籍は一大事で、その背景に「チョコレート・ガール」がからんでいるのが、この一文から伝わってくる。云いかえれば、「チョコレート・ガール」を撮ったことで成瀬監督は重大な転機を迎えることになったのかもしれない。移籍が二十九歳のときとなると、「チョコレート・ガール」を撮ったのはその二年前だから二十七歳ということになる。

とたんに、まだ見ぬその映画が若々しくなった。監督としては腕の見せどころでもあったろう。才能を見こまれた若い監督が新人作家の原作をもとに製菓会社のオーダーに応えるかたちで作品を世に問うた。監督にとっても大事な作品だったのではないか。だとすれば、たとえフィルムは簡単に見つからないとしても、監督自身が保管していた資料の中に原作小説の原稿や撮影台本などが含まれていてもおかしくない。特に台本については先の紹介文にこうあった。

当館へご寄贈いただいた資料の中には、『晩菊』『女が階段を上る時』『放浪記』『乱れる』など、戦後の数々の傑作の撮影時に使用された、書き込み入りの台本が多数含まれていました。どの台本にも細かい絵コンテの書き込み、カット割を示す線、そして容赦なく台詞を削除する線や、ときに一つのシーンを丸ごと大胆にカットした跡が見られます。

「ただですね」とOさんが渋い顔になった。「『チョコレート・ガール』はご存じのとおり戦前の作品で、うちに収められた資料のあらかたは戦後のものなんです」

そのほとんどはご遺族からの寄贈で、つまり成瀬巳喜男本人の手もとにのこされていたものだという。そこに戦前のものがほとんど含まれていないということは、

「焼失してしまったのかもしれませんね」

たしかにそう考えるのが順当だった。

それは実際に資料を確認すればするほど顕著になり、「チョコレート・ガール」に限らず、サイレント映画時代のもので、こちらが望んでいたようなものはまったく見つけられなかった。

ただ、当時の映画雑誌に掲載されたレビューがいくつか見つかったのでコピーをいただき、成瀬巳喜男に関わりはなかったが、面白い葉書を見つけたことがちょっとしたみやげ話になった。

それは生原稿や葉書などの自筆資料が収納された引き出しの中から出てきたのだが、「成瀬」なので「な」のインデックスが貼られた引き出しを調べていたとき、不意に夏目漱石の自筆葉書が転げ出るようにあらわれた。他にもないか確かめてみたが、漱石の葉書はその一枚きりで、消印は「明治四十二年十月」となっている。

そのとき漱石は京城にいたらしく、妻の鏡子に宛てて旅の様子を伝えていた。短い文章だが親愛が感じられ、宛て名に「夏目金之助様」と自分の名前を書いたあと、線を引いて消し、その横に「夏目鏡子様」と書きなおしている。

たまたま、「な」の引き出しを調べていたので、この葉書に出くわしたが、世田谷文学館のコレクションはデータベースが外部に公開されていないので、漱石の書簡を研究している人や朝鮮への旅行について調べている人がいたとしても、このようなところにぽつりと一点だけ保管されているのを知らないかもしれない。

あるところにはあるのである。

＊

ついでに、尾ひれをもうひとつ。

文学館を訪ねてしばらくしたころ、よく行く中古レコード屋で新入荷のコーナーをあさっていたら、ちょうど漱石の葉書が転げ出てきたのと同じように、「東京裁判・予言／

武満徹」というレコードがあらわれた。A面に「東京裁判」、B面に「予言」という映画の音楽が収録されている。

そうか、あったのか、と驚いて手に入れ、帰宅するなりインターネットの検索で調べてみると、そのレコードは映画公開時の一九八三年にオリジナル音源をレコード化したもので間違いないようだった。A面の演奏時間はトータルでわずか八分三十六秒とあまりに短い。苦肉の策として、三十三回転ではなく四十五回転で収録されており、事情を知らないと、三十三回転で聴いてしまいそうだ。

展示会場で聴いたものも、ちょうどそのくらいの長さだった。

監督はもっと音楽を入れたかったようだが、作曲者は、これで充分である、と返したという。「東京裁判」の上映時間はじつになんと四時間三十七分で、その大作に対して音楽が八分三十六秒のみというのが音楽の密度の高さを物語っていた。

いずれにしても、「ない」と思われていたサウンド・トラック盤は存在し、もしかして、レコード盤だけではなくCD盤もあるのではないかと本腰を入れて検索を突きつめた。

すると、二〇〇二年に「武満徹全集」なる五十五枚組のCDが五巻のボックスに分けてリリースされており、その第四巻「映画音楽（2）」に「東京裁判」の音楽が収録されていることがわかった。レコード盤は枚数が少なかったのか稀少盤と云ってよく、この全五巻も一部をのぞいて廃盤になっている。

このCDも運よく安価で見つかったので入手し、聴きくらべてみるとあきらかに同一の音源で、Oさんに「見つけました」と報告したところ、会場に流れていたマスター・テープのコピーと同じものであることが確認できた。

ないものと思っていた幻の音楽が、じつはレコードでもCDでも出ていたというのは、ちょっとした発見だった。

しかし、この発見にはさらにつづきがある。

集めた情報から察して、「全集」への収録が初CD化にちがいないと、ほぼ断定しかけていたところ、映画の公開の二年後である一九八五年に、「乱 黒澤明監督作品 武満徹サウンドトラック集」というCDがリリースされていて、どう見ても、「乱」のサントラにしか見えないこのCDに、ひっそり隠れるようにして「東京裁判」が収録されているらしいことがわかった。

一九八五年はコンパクト・ディスクの黎明期で、現物はおろか、この盤に関する情報を見つけるのは、インターネットの検索を駆使しても容易ではない。

チョコレート・ガール探偵譚

4

「最近、何か面白いことありましたか」

挨拶がわりにそう訊いてくる知人がいて、茶飲み話のついでに、「じつは『チョコレート・ガール』という映画があって」と前置きをしてから、「いや、本当はないんだけど」と歯切れ悪く打ち明けた。

しかし彼は、「なるほど」と了解の顔になり、「つまり、見つからないのが面白いんですね」と含みのある笑みを見せた。

「いまの時代、なんでもあっけなく見つかっちゃいますから」

それはたしかにそうかもしれなかった。

「冒険に出るつもりだったのに、出発の前に宝が見つかっちゃったりするでしょう」

まったくそのとおり。

「それに、ガールっていうのが、いいじゃないですか。映画のタイトルじゃなく、本当にそんな女の子を探しているみたいで――」

茶飲み話を切り上げて交差点で彼と別れ、携帯電話屋とマクドナルドとドラッグ・ストアが並ぶ横丁を歩きながら「あるいは」と考えさせられた。

あるいは、ただ一本の映画を探しているのではなく、「チョコレート・ガール」というニックネームを授かった、ひとりの少女の面影を追っているのかもしれない。

その面影には薄紙が何枚もかさねられているので、しわにならないようピンセットを使い、一枚また一枚と剝いでゆくと、最初はまったく見えなかったのに、剝いでゆくにしたがって、ぼんやりと顔の輪郭や眉《まゆ》のかたちがほの見えてくる――。

では、「チョコレート・ガール」という表題からカギ括弧《かっこ》を消し、チョコレート・ガールはいずこに、と綴りなおすと、仮にフィルムは物理的にこの世に存在していないとしても、この星のこの国のこの都のどこかにチョコレート・ガールはたしかな足跡をのこしているのではないかと思えてくる。

ただ、そのひとりの少女をつかまえるためには、いましばらく映画の足跡を追ってみるしかない。

幸い手もとには世田谷文学館で見つけた資料のコピーがある。残念ながら、こちらが探している脚本、台本、スチール写真といったものは収蔵品の中に見つからなかったが、公開当時の映画雑誌に掲載された紹介文がかろうじて見つかった。

チョコレート・ガール　（六巻　一、五三九米）

製作並配給　松竹キネマ

紹介　第四四三號

ナンセンス物を清算した成瀬巳喜男監督が「蝕める春」に次いで作つた小味な映畫、キャンデーストアーのウェートレス（水久保澄子）を中心に、ほんのりと芽生へた戀のやりとりが、都會的なデリケートさを漂え乍らやんわりした好感を與へる。蒲田作品としての風格が小品ながらよく感じられる映畫、所詮は添物であるが、何に組んでも安心して使へる。そして水久保澄子の進境なり、魅力を知るにも絶好の映畫。助演結城一朗、突貫小僧。（八月二十六日　帝國館、新宿麻布・松竹館、新富座）

これは「キネマ旬報」昭和七年九月十一日号に掲載されていたもので、奥付に「昭和七年八月二十八日納本」とあるから、ほぼ公開と同時に発売された号だろう。

しかし、この「昭和七年九月十一日号」という文字の並びを見るにつけ、どことなく感じ入るものがあり、さて、どうしてなのかとしばらく考えるうち、思いがけないものに行き当たった。

父の誕生日である。

完全に一緒というわけではないが、父は昭和七年九月七日の生まれで、つまり、私の父は「チョコレート・ガール」が封切になった十二日後にこの世に生まれ落ちたのだ。

そうなのか、と複雑な思いになった。

チョコレート・ガールと父はほとんど隣り合わせた生年月日を持ち、同じ時代の同じ空気を吸いながら育った。ちなみに私が生まれたのはその三十年後で、その三十年間の中ほどにあの大きな戦争があり、父は九歳から十三歳に至る少年時代を戦時下の東京で過ごした。いや、父から聞いた当時の話を思えば、ここは「過ごした」などと書くより、「生きのびた」と記すべきかもしれない。

一方、チョコレート・ガールは、はたして生きのびたのかどうか行方不明で、もし生きていたら、じきに八十五歳になる。生きのびた父は十六年前に亡くなったが、こうして人間の年齢に置きかえてみても、チョコレート・ガールがどこかで健在であっても何らおかしくはない。

それにしても、この短い紹介文の中にはいくつか気になる文言があった。「小味な映畫」「都會的なデリケートさ」「やんわりした好感」「小品ながら」と矢継ぎ早にならべられたフレーズは想像以上に「チョコレート・ガール」が小ぢんまりとした作品であることを教えてくれる。

きわめつきは、「所詮は添物」という捨てゼリフめいた言いっぷりで、この作品が公開当初からメインディッシュではなくB面に位置づけされていたことがよくわかる。

加えて、水久保澄子、結城一朗、突貫小僧、と三人の俳優の名前があげられ、文学館で見つけたもう一冊の「キネマ旬報」――こちらは昭和七年九月一日号である――のグラビアページに、「チョコレート・ガール」のスチールとして、この三人が海べりと思われる砂浜で楽しそうにバナナを食べている写真が掲載されていた。

この写真に見られるチョコレート・ガール＝水久保澄子は和装で、すでに『映畫読本成瀬巳喜男 透きとおるメロドラマの波光よ』で目にしたもう一枚のスチール写真とくらべると、そちらも和装ではあるものの着物の柄も髪型も異なっている。

のみならず、一方はどちらかというと丸顔で、バナナを手にしているいま一方はあきらかに細おもてに見える。ともすれば別人にすら見え、「よし、それでは」とパソコンをたち上げるなり、ネット上の画像検索で「水久保澄子」を調べてみた。

すると、モノクロのポートレートが何枚も画面にあらわれ、面白いことに、やはり丸顔のようでもあり、細おもてのようでもある。ちょっとした角度で印象が変わるらしく、顔のかたちに限らず、その表情もまたエキゾチックで冷ややかな美女からみずみずしくチャーミングなアイドル・フェイスまで、いかにも女優らしく多種多彩だった。

そうした画像からさかのぼって当該の記事を拾い読みしてみると、当然のように「清純派」や「アイドル」といった言葉が数多く見受けられ、さらにもう一歩踏みこんで記事の行文を追っていくと、「和製シルヴィア・シドニー」という表現につきあたった。

奇しくも、先述の「キネマ旬報」昭和七年九月十一日号はシルヴィア・シドニーが表紙を飾っていて、なるほど似てなくもない。

（というか、シルヴィア・シドニーとは誰だったか）と、こちらもまた画像検索をしてみれば、見覚えのあるフリッツ・ラング監督「暗黒街の弾痕」のスチール写真が何枚かあらわれた。

「ああ、あの」と記憶がよみがえる。

「暗黒街の弾痕」は少なくとも二度は観ているはずだった。「俺たちに明日はない」の三十年前にボニー＆クライドの事件をもとにつくられた作品で、女と男が逃亡の果てに悲惨な最期を遂げる実話をもとにしている。

画像検索のついでに、シルヴィア・シドニーが演じた主人公のモデルになった女――ボニー・パーカーの写真を探してみると、これもまた、ただちに何枚もヒットして、画面が一気に華やかになった。存在は知っていたが顔をまじまじと拝見するのは初めてで、これがまたなかなかのクール・ビューティーで、葉巻をくわえながら拳銃を構える様は、期待を裏切らない伝説どおりの勇ましさである。

そうしてボニーの写真を何枚か見ていくうち、いくつかのショットが、どことなくシルヴィア・シドニーに似ていることに気がついた。容姿や雰囲気が似ていたことからのキャスティングであったとも考えられる。

となると、清純派と謳われた水久保澄子が、シルヴィア・シドニーを介して、脛《すね》にとんでもない傷をもったボニーに似ていなくもないという話になってくる。

が、これはあながち見当はずれではないようだった。

というのも——これはあくまで手っ取り早くネットを横断して得た情報に過ぎないのだが——どうも水久保澄子は早々に女優を引退して失踪《しっそう》してしまったようなのだ。

もちろん、逃亡と失踪は別ものであると承知している。しかし、その失踪の背景は謎めいた男がからんだ多分にゴシップ性の高いもので、どこまでが本当で、どこからが眉《まゆ》唾《つば》なのか、にわかには判断がつかない。

いずれにせよ、彼女の生涯については電網ではなく紙上の文献を追った方がよさそうであると察して、早々にパソコンを閉じた。

チョコレート・ガールは行方不明になった、と書いたばかりだが、どうやら水久保澄子は本当に行方不明になってしまったらしい。行方不明ということは、もちろんご存命の可能性もあるわけで、もし、ご存命であれば、ちょうど百歳ということになる。

＊

さて、電網から離れて過去を検索するとなれば、図書館か古書店で探るのが古来の方法である。自分の流儀としては、図書館の前にまずは古書店を探しまわるのが常で、流儀というより、放っておいても古書店へは日参しているので、自分のなわばりの中で何が見つかるか、と云った方が正しい。

このなわばりはそれなりの広さをもち、東京に点在する古書店を件《くだん》の自転車——一万円で購入した——を駆使して、猫がそうするように、日々、パトロールをつづけている。たわむれにこの自転車を「一万円号」と名づけ、「健康のためです」とうそぶいて、その実、なわばりで手に入れた古本を荷台に積んでせっせと運んできた。

頭の中になわばりの地図をひろげて、しばし作戦を練る――。

やはり、最初に訪《おとな》うべきは映画関係に強い店だろう。となると、あの店とあの店ということになるが、場所と店名をここにあげることはできない。なわばりと云うからには、なわばり争いというものがあり、争う以上、不用意に手の内を明かさないことである。これは古本に限らず、ハンターとしての普遍的な心得で、本当に狙ったものを手に入れるためには、「あの店で見つけた」とか「あそこにはいいものがある」などと迂闊《うかつ》に口にしてはならない。

したがって、東京のどの店であるかは詳《つまび》らかにしないが、変速機すらないオンボロ一万円号で遠乗りをするのは、それが仮に建前であったとしても、「健康のため」という範疇《はんちゅう》を超えて、ほとんど命を削る行為に等しい。ゆえに、都内であっても遠くへは行かず、ひとまずは近場の行きつけの中からA古書店とB古書店に目星をつけた。

この二店では、黎明期の映画雑誌だけではなく、チラシやパンフレットといったものもよく見かける。

手がかりは昭和七年九月である。

まったくこんなところで父親の誕生日が持ち出されるとは思いもよらなかったが、ひとまずそのあたりに照準をあてて探索の目安とした。

すると、さっそくA古書店で狙いどおりの収穫があった。照準の一年後だったが、昭和八年六月に発行された盛岡の映画館のパンフレットに、「今週の上映」として「チョコレートガール」が紹介されていた。「添物」どころか、じつに四本立ての中の一本で、扱いは小さいものの紹介文はなかなか面白い。

こんなシークな映畫はチヨイトありませんスミコ水久保でなければ出せないフレツシユな近代味!全篇を流れる青春の日のスヰートな哀愁!高雅でエキゾテイツクであなたがアミと一緒に綠の芝草の上でチヨコレートを喰べる様な感觸!でアル名篇――説明…押田志朗

面白いコピーだが、よくわからない点がふたつある。

ひとつは、「あなたがアミと一緒に」の「アミ」とは誰のことか。この映画でスミコ水久保が演じている少女の名前は美江子であり、「アミ」と呼ばれている登場人物は手もとの資料には見あたらない。単に間違えただけなのか、とあれこれ調べてみたところ、どうやらフランス語からきている「恋人」や「女友達」を意味する俗語のようだ。

もうひとつは、「シークな映畫」の「シーク」である。

これもすぐにはわからなかったが、先に記した「キネマ旬報」の紹介文にある「小味」「都會的」「小品」といった言葉を参考にするなら、おそらくこの「シーク」は「シック」のことだろう。

ただ、何のヒントもなく「シーク」と書いてあったら、seek＝「捜す」のシークがまっさきに思い浮かび、なにしろ、こちらはまさにシークな態勢になっているので、いきなり「シークな映畫」などと云われると、はるかな時間を超えて見透かされているようで、思わず身がすくんでしまう。

しかし、幸先のいい収穫に気をよくし、いそいそとB古書店へ一万円号を走らせると、こうしたハンティングにはつきもののビギナーズ・ラックなのか、こちらでもなかなかの発見があった。

照準どんぴしゃりの昭和七年九月に発行された雑誌「映画評論」が見つかり、目次を調べてみると、「映畫批評」の欄にひっそり隠れるようにして、「チョコレート・ガール」があった。

それにしても、この作品のタイトル表記はメディアによって千変万化で、チョコレートとガールのあいだの中黒の有無をはじめ、チョコレート、チヨコレート、とまるで節操がない。この雑誌における表記は「チヨコレート・ガール」になっていて、松井壽夫という人が一ページ半＝およそ二千文字を費やして所感を述べていた。

この映畫の原作者は仲々頭が良い。巷間至る所にころがつてゐるやうな簡單な一挿話を拾ひ上げて、それに自分の感情に支配されずに極めて要領よく尾鰭を附け加へてケリにして終つてゐる。而も、その尾鰭の付け加減が實に正鵠な觀察點からなされた取扱ひ方である。

のっけから高評価である。「評論」や「批評」を標榜する雑誌なので、この映画の「シーク」な」「小品」感には辛口の点がつくのではないかと思われたが、どうもそうではない。

殊に、その描寫の仕方が少しも無理を感ずる深刻味がなく、實にサラサラと書き流す様に輕いさばきである點に於いて一層のほゝえましさを感ずる。そのほゝえましい感情は一體にドギックなり易すい演出を制禦してゐる監督の筆のサバキの中に撮ぜられる。そして、描寫形式と相俟つて、物語の發展をも、ふくよかな、その割合に、輕い、ファースの中に匏みかくして、尚、感銘の度合に於いては、却つて、十分、ほゝえみながら肯け得る滿足を觀客に抱かしめるのである。

後半、やや何を云っているのかわからないとしても、褒めちぎっていることは間違いない。この絶賛はさらに細かい分析へと発展していく。

監督成瀬巳喜男の演出は實に手際の良いサバキ振りである。下手にやるととても見ちやゐられぬ様にドギツクなる種類の脚本を平々坦々の中に演出し、而も、輕いながらも、相當デリケエトに處女の氣持ちをにじみ出させ觀客の關心を盛り上る昂奮の渦巻の中に引き入れる以前に微苦笑によつて柔らげやうと突貫小僧といふコメデイ・レリーフを挾み込んでゐる。殊に感情的にひどく成功したのは水久保澄子扮するキヤンデストア・ガールがブルジヨア息子の水島にさそはれて、健作との約束を破棄して迄、水島家の晩餐會に招待されて行き、一方、健作は裏切られた淋しさの中にあぢきない心持で活動を見に行く、この相離れた二つの感情、相距った距離、を畫面的に結びつけ、兩者の對比の中に觀客に感情的な昂奮と悟性的な判斷を解決せしめんがために結びつける手段として、常設館の觀客の拍手と晩餐會に列席した淑女達の拍手との畫面をカツトによつて連結させてゐる。この兩者の連結となるモーテイーフの使用方法はわれ〳〵が是迄習慣づけられたオーヴアラップ使用と相異なる手法であるのに、そこには視覺的にも、感情的にも、混亂とか咀齬が見つからなかつた。

これで全文の半分ほどである。なるべく原文どおりに旧字や俗字も再現して引用しているが、ところどころ、これで正しいのだろうか、と首をかしげたくなる。

ストーリーの紹介にしても、いきなり何の説明もなく「健作」が登場して面食らうが、それでも、この読みにくい文章からでさえ、実際のフィルムの感触が――少しずつではあるけれど――伝わってきた。

健作というのは、これまでに判明しているあらすじから、主人公・美江子の従兄弟であるとわかっている。しかし、その健作が美江子にふられて映画を観に行くシーンが、こうした印象的な手法を交えて描かれていたというのは初耳だった。

私はこの文章をB古書店から二百メートルほど離れたスターバックスコーヒーの喧騒《けんそう》の中で読んだのだが、「読みにくいな」と思いながらも、頭の中でまだ見ぬ映画の場面が動き出し、どういうものか、観てもいないのに観たことがあるような、なんとも妙な気分になってきた。

チョコレート・ガール探偵譚

5

ところで、スターバックスコーヒーの店内は、喧騒のもととなっている二人連れの客が数多く見受けられるが、その一方で、ある一角はひとり客によって占拠され、そのうちの多くの客がノートパソコンをひらいて何ごとかしている。本を読んでいる客など、まず見られない。ノートパソコンではなくノートをひらいて書きものをしている人もなく、ついでに云うと、純粋にコーヒーを味わっている人もまず見られなかった。

そんな中で私はただひとり古びた雑誌をひらき、しかもそれは昭和七年に発行された「映画評論」で、さらに云うと、文章がややこしくて一度読んだだけでは何が書いてあるのかよくわからなかった。しかし、読むほどにチョコレート・ガールに近づいている実感が芽生え、この際、文章の優劣など吟味《ぎんみ》している場合ではない。

つづきを読んでみる――。

或は、又、處女らしい感情をあらはであるがサッパリと見せてくれたのは、貧しき母に對する皮肉的な反抗の場合である。そこにはみぢんもてらはないプロの少女の氣持がくつきりと現はれてゐる。

――「プロの少女」という云い方が面白い。これは「少女」という属性を活かしてキャンデーストアの売り子をつとめていることを指しているのか、それとも、筋金入りの「本物の」という意味合いでそう云っているのか。もし、後者であるなら、きわめてモダンな表現だ。

美しき着物、新らしい衣裳を好む心は女性一般の氣持である。自分が――何れの少女でもさうであるやうに夢に描いた女學生の生活も出來ず――キャンディストアで毎日汗水垂らして働いた金は貧しきが故に一家の衣食の糧にさかれて、たつた一衣の着物も買ふことが出來ないことは、働らく少女一般の涙ぐましい心残りであり、心の痛手である。その残念といふ感情が日頃愛してゐる母にさへ時たまには表面に現はれ反抗に似た面當りがして見たくなるのは世の人の常である。

これはしかし、読めば読むほど手ごわい文章で、三回読んで、ようやく、こういうことだろうかと自分なりの解釈に至った。さして長い文章でもないのに、ほとんど迷路を彷徨《さまよ》うようで、こんな街なかのスターバックスコーヒーの喧騒の中で探偵気分を味わうことになるとは、まったく予想外だった。頭を振って先を読んでみる。

尚、欲望は人間の短所であると共に、一方長所でもある。誰れだつて金持になりたい。僕でも金持へ養子に行きたい。貧乏はしたくない。まして母の貧しき生活を目の前に見てゐる少女の氣持は尚、さうであらう。

急に「僕」があらわれた。この「僕」というのは、この文章を書いている松井壽夫氏のことと思われるが、ここまで「僕」を一度も出すことなく一批評者として徹底してきたのに、「貧乏はしたくない」という切実な思いに駆られたのか、つい、「僕」が顔を出してしまったのが微笑《ほほえ》ましい。迷路の中ではあるが、ふと、心なごむひとときである。

その少女に、二人の愛する人が出來た。一人はブルジョアの息子であり、一方は貧しき勞働者である。とすれば、この少女ならずとも、自然とその愛の心はブルジョアの息子の方へ向くだらう。もし、その反對に向くとすれば、その少女は非常に苦勞した者か（戀愛上）、非常な悧巧者か、馬鹿か、ひねくれ者に違ひない。如何に左翼闘女士だつてこの道はレニーン主義とは凡そ別なものであらう。

この映畫でも矢張り少女はこの問題に直面して自然的な方向へたどつた。然るに、戀情は絶對的なものではない。少女は戀愛と結婚とを同一線上に置く。が現實に於いてはこの二つは決して（或る場合は別だが）同一線の延長ではない。厨川白村は延長線だと言つたが二人がそれを慾しても社會は簡單にそれを許さない。

なるほど、と思う。とはいえ、映画そのものを観ていないので、この文章のわかりにくさが、観ていないがゆえのものなのか、それとも、観ていたとしても、やはりわかりにくいのか、現時点では判断がつかない。
が、ここまで力説しているのだから、おそらく、この映画が訴えているテーマのひとつは、ここに提示されている貧富と恋愛との関わりなのだろう。純粋な恋心を選ぶのか、それとも裕福であることを選ぶのか――。

で結果がまた。又或る考方では、この場合捨てられさうになつた者には女を自分のものにする可能性が増したわけである。が彼女の場合は客観的状勢がそれを容易に許さなくなつてゐる。貧しき母と弟とを養ふ自分が家族の一員から欠けることはその家庭の結末を意味する。で結局、それら附随者を養ひ得る程の豊富な家庭に嫁がねばならぬわけだ。幸ひ、縁談は湧いた。そこで彼女は、愛と金のヂレンマに陥つた。が結局、この社會を支配するもの、人間の生活を保證するもの、は決して戀や愛ではない。金だ、金だ。

ふうむ、と私はスターバックスコーヒーの片隅で腕を組んだ。

これは本当にこの映画の内容に即して書いているのだろうか。もしかして、「僕」の中でくすぶっていたものが、「僕」と書いてしまったことで燃え上がってしまったのではないか。じつのところ、映画のストーリーとの接点はほんのわずかで、ここぞとばかりに鬱憤《うつぷん》を晴らしているだけなのかもしれない。

そう思いたい。他の紹介者は「シーク」な映画であると云っているのだし、こちらとしては、少なくとも「金だ、金だ」と声を荒らげてしまうようなものであってほしくない。しかし、こうなってくると、この鼻息の荒さがどんな結論へ至るのか、最後まで読まずにはいられなくなってきた。

しめくくりは次のとおりである——。

つまり、戀のハッピイ・エンドの代りに金の力の効用をもつてきた。決して、この用ひ方は世の多くの文藝物や戀愛物には見られない現象だ。ブルジョア畫家をすて、アミイ・ジョリイはプロ兵士トムの後をしたひて熱砂吹きまくモロッコの沙漠の中を靴ぬぎすて追つたではないか。だが現實には——養はねばならぬ母と弟とを持つ處女の心は徒らに戀愛至上主義に據らず、最も重大な、且つ、社會的意義を持つ、生活線ＡＢＣを守らんと愛なき結婚へ足を向けた。

この映畫は原作の良き社會的狀勢の洞察と——或る人は、これが、單なる逃避的な消極主義であり、個人主義であると云ふだらうが——監督の一層進境の跡著るしき心境的ナンセンスの果實である。畫面內、畫面間の組立てなんか實にガッチリしたものだ。

以上、あきらかな誤植は正しておいたが、ほぼ原文のままである。ちなみに、ここで唐突にあらわれる「アミイ・ジョリイ」というのは、昭和六年——すなわちこの文章が書かれた前年に公開された映画「モロッコ」で、マレーネ・ディートリヒが演じた歌手の名前である。「モロッコ」はトーキー作品で、日本で初めて字幕が施された画期的な映画だった。時代はすでにサイレントからトーキーに移行しつつあり、サイレント映画の歴史からすれば、「チョコレート・ガール」はその晩節につくられた一作ということになる。

＊

こうした古本屋での資料探しをつづけていたところへ世田谷文学館から新たな資料が郵送で届いた。『成瀬巳喜男 日常のきらめき』という二十年ほど前に刊行された本で、著者はスザンネ・シェアマンという女性である。帯のコピーには「日本在住オーストリア人女性映画研究家による、成瀬全作品徹底研究」とあり、「全作品」と謳っているからには、当然、「チョコレート・ガール」についても記されている。

一読して襟《えり》を正した。ここまでのところ、この本の記述が最も平易かつ過不足なく、こちらが知りたいことが簡潔に書かれている。

苦笑せざるを得ない。

こちらは指が真っ黒になるまで古本屋の棚をあさり、わざわざ昭和七年までさかのぼって細々と記事を見つけ出していたのである。それらは間違いなく日本人の男たちが書いたもので、自分のことを棚に上げて云えば、ことごとく不可解かつ奇妙な文章ばかりだった。「簡潔」にはほど遠く、日本人でありながら日本語がおそろしく迷走し、日本人が駄目なのか、男たちが駄目なのかは知らないが、とにかく、何が書いてあるのかよくわからない。

そこへオーストリア人のスザンネさんによる研究報告があらわれ、これまでの混迷が整理されて、見事な推理が展開されていた。ぜひ、引用しておきたい。

『チョコレート・ガール』について、成瀬は「ここまでの中では一番好きな作品です」と述べている。『国民新聞』の懸賞小説で一等を獲得した原作者は、後にシナリオ・ライターとなった永見隆二である。

（中略）

キャンディ・ストアの売り子・美江子（水久保澄子）は、大学生の水島（加賀晃二）からパーティーに招待されて喜ぶが、水島にはすでに許嫁がいた。その後、叔父から縁談が持ちかけられるが、美江子は幼なじみの従兄健作（結城一朗）にひかれる。けれども、職工の健作は美江子に縁談を薦めるしかなく、美江子も嫁ぐことを決意する。

非常にわかりやすいあらすじである。こうして簡潔な文章で読んでみれば、きわめてシンプルな物語であり、しかし、監督自身が――どの時点における発言なのか判然としないものの――「一番好きな作品です」と述べていると聞いて、ようやく溜飲がおりた。あらすじの紹介につづいて、「実らない恋愛感情を描いたこのセンティメンタルな作品は評判も良く」とあり、その一方で、「成瀬の商業的な妥協を批判する声もあった」として、一九三四年に「キネマ旬報」誌に掲載された座談会から引いている。

筈見恒夫が、「相當無理な条件があるやうですね。例へば『チョコレート・ガール』なんか明菓（明治製菓）の宣傳映畫……」と発言したのに対して、成瀬は「あれは僕が悪いのです。宣傳ではないのです。餘りチョコレートなど使ひ過ぎたからさうなったのです」と弁明する。

「しかし、」とスザンネさんはこの成瀬の発言に疑問を呈し、「明治製菓は早くから映画会社と提携して商品の宣伝に努めており、映画の中に明治製菓の製品を食べる場面や広告を挿入する代償として、明治製菓の新聞広告に映画の広告を抱き込むことをしていた」と書いている。しかし、ここは慎重に、

「明治製菓とのタイアップが事実であるとしても、それだけで宣伝映画と断ずるわけにもゆかない。例えば、『腰弁頑張れ』でも、靴の穴に詰めた新聞紙に明治製菓の広告が見えるし、後の『君と別れて』においても、電車中のヒロインと主人公が明治製菓のチョコレートを食べる場面がある」

と公平なジャッジをしている。ここに挙げられた二本の映画はいずれも成瀬巳喜男の監督作品で、まさに「徹底研究」と帯にあるとおり、スザンネさんが全作品を精査した上で論じているのがわかる。

そのうえで、次のように記していた。

『チョコレート・ガール』と同年に、成瀬は明治製菓のための二巻の宣伝映画を製作している。『菓子のある東京風景』という作品は、一般にはほとんど知られていないが、『松竹七十年史』によると、明治製菓の委嘱映画として記録されている。明治製菓の宣伝誌『スヰート』（一九三二年一一月一五日号）には、そのスティール写真も残っているが、同誌の出版日を見ると、『菓子のある東京風景』は、夏に撮影された『チョコレート・ガール』のすぐ後に作られたものと推測される。

いまいちど手もとに集められた資料をひろげてみると、「チョコレート・ガール」を撮ったとき成瀬監督は二十七歳で、作風の近かった小津安二郎と比較されて、長いあいだ監督補にとどまることになった。「苦汁を味わいました」と世田谷文学館の紹介文にある。つまり、この時点で成瀬巳喜男はまだ人気を博しているわけではなく、商業的な成功をおさめていないのだ。

そう思うと、思わず「僕」と書いてしまった松井壽夫氏が、「この社會を支配するもの、人間の生活を保證するもの、は決して戀や愛ではない。金だ、金だ」と書いているのは、大げさな感慨ではないのかもしれない。

「高雅」で「シーク」とも称されるこの映画の底辺に、松井氏の云う「金だ、金だ」という嘆息《たんそく》が秘められていないとも限らない。それは単純に自分の映画が売れないことへの嘆きであると同時に、企業の金銭的支援を得てタイアップ映画を撮ることになった自身への自戒であったかもしれない。

そう思うと、企業のイメージアップのためにキャンデーストアの売り子として働くチョコレート・ガールとは、成瀬監督自身のことであるとも考えられる。

いや、ここはスザンネさんの顰《ひそみ》に倣《なら》って性急な結論は避け、成瀬監督が弁明しているという「キネマ旬報」誌に掲載された座談会を読んでみたい。幸い、本文に添えられた注釈に、掲載誌のデータが明記されていて、一九三四年（昭和九年）九月二十一日（第五一八号）とある。目標がわかっていれば話は早い。パソコンの検索を駆使してインターネット上の古書店で探してみたところ、あっけないほど瞬時に見つかり、注文した翌日には現物が届いた。まるで昭和九年から時空を超えてわが家の郵便ポストに届けられたかのようである。

さっそくページをひらいた。

後半の、あまり目立たないページにそれは見つかり、「成瀬巳喜男座談會」とじつに素っ気ないタイトルがつけられている。成瀬監督の他に、筈見恒夫、双葉十三郎、岸松雄、友田純一郎、飯田心美、小島浩、と六名もの出席者が参加し、冒頭、飯田氏から「伊藤大輔氏、伊丹万作氏に續いて成瀬巳喜男氏を此處へお招きして座談會をこれから開きます」と挨拶がある。伊藤大輔、伊丹万作につづいて三人目というのは、大抜擢《だいばつてき》と云っていいのではないだろうか。「チョコレート・ガール」から二年、松竹からPCL(のちの東宝)に移籍して、まだ二ヶ月というタイミングである。

読んでみたところ、成瀬監督は六人の論客を向こうにまわして孤立無援で精一杯の返答をしている。はっきり云って、ひどい座談会である。ほとんど、六人の輩《やから》が寄ってたかって「あなたの作品は弱い」「甘い」「暗い」と監督を追いつめ、作品名をあげた上で、面と向かって「嫌ひな映畫」と断じたりする。洗礼と云えばそれまでだが、あまりにひどいと思ったのか、司会役の飯田氏が、しめくくりに「痛めつけてしまつてすみませんでした」と謝っているほどである。読めば読むほど、なぜこのような座談会が掲載されたのかと疑問に思う。スザンネさんの云う「商業的な妥協」を六人はよしとしなかったのか、あるいは、移籍の背景に釈然としないものを読みとったのか、そのあまりに容赦《ようしゃ》ない舌鋒《ぜっぽう》は尋常《じんじょう》ではない。

せっかく取り寄せた資料の後味が悪く、こちらまで釈然としない思いでページをめくっていたら、とあるページに「チョコレートガール」という文字の並びを見たような気がした。よくよく見ると、「讀者寄書欄」というページで、読者が投稿した映画評が掲載されたコーナーである。件の投稿は「秋の随想」と題され、冬木笛美さんという女性が、「チョコレート・ガール」を中心に成瀬作品について書いたものだった。

成瀬巳喜男の示したスタイルを憶ひ描く時、そこに市井の何處からでも拾ひ出すことの出來る少女が、そして男が居るのである。そしてその少女は水久保澄子といふ少女俳優によつて私達の眼前に再現され活々と印象づけられて來た――（中略）

私はよくつれづれに、郊外の野つ原に自分自身を放り出して、草のそよぎや雲の動きをぼんやり眺めてゐる事がある。そしてふと氣ついて〝こんな靜な風景が映畫に表現出來たら〟と思ふ事がある。高いポプラの木の葉ずれが靜に流れてゐる。私はその樹蔭の雜草の上に身を横たへて見るともなしに澄んだ秋の空の色、そしてその碧い空にうすく浮んでゐる白い雲を眺めてゐる。（中略）成瀬巳喜男ならば、きつとこうした風景を描くにしてもそこに佗しい現實の投影が色濃く反映してゐることであらう。

諦めて少しでも生活に餘裕のある三十男の下へ嫁いで行かうとするチョコレートガールをホームの人混みの中から氣付かれない様に遠くそおつと見送つてゐる男を、何の感傷もなしに生々しく描く彼なのだ。否、感傷は十分持つてゐるのだ。けれど彼には感傷よりか生きて居るが故に味はなければならぬ現實苦の方がもつともつとつよく胸を打つてゐるに違ひない。

男は建築場でチョコレートガールからの手紙をよみ終ると細かくさいて風に飛ばして了ふ。そして何事もなかつたかの如くに仕事を始るのだ。

（中略）

成瀬巳喜男は生きて居るが故に味はなければならぬ人間の苦惱をそして感傷を日常茶飯事の何氣ない動作に示す。だから私達はそれと氣付き得なく見過して了ふけれど、幾日か經つてふとある時、ある事を私達の生活の斷片に私達が感じ、行つた時、あゝあの時のあの人も私と同じい樣な事を想ひつつあんな行をしたんだなあと、憶ひ出され深く、ふかく感銘をうける。

（中略）

成瀬巳喜男は特異な生活を好まない。それは市井の何處にでも生活を營んでゐる平凡な人間を描かうとしてゐる。（中略）その人は人生といふものを享樂しやうとはせずに何處までも眞劍に、だが受動的に生き抜かうとしてゐるのだ。自分自身の宿命に對してすつかり諦めて人生とはかく佗しいものだ、と得心し自身の姿を、人生の姿をじいつと眺め乍らじいつと齒をくひしばつて平凡に生きて行かうとする。美江子をホームの人混みの中から見送る健作にしろ美江子を自分の胸に抱きしめてやりたいに違ひないのだ。そしてこれが通俗作品であつたならば結局愛する二人は結ばれてハッピイエンドを告げるであらうけれど。彼の示した結末は現實の人生には何處にでも轉つてゐる悲劇なのだ。

チョコレート・ガール探偵譚

6

古本屋というものは探偵によく似ている。それは両者がともに過去の事象と対峙《たいじ》するからで、これは店主の性格や心意気にもよるだろうが、古本屋くらい、さまざまな過去と取り組んでいる仕事はないだろう。

もし、謎を解くことに生きがいを感じるのであれば、やはり探偵になるのが一番いい。が、探偵など、そうそうなれるものではなく、しかしだからと云って、古本屋になろうと思い決めても、これもまた、それ相応の覚悟が必要である。その結果、自分にのこされた道は、古本屋に通うことだけとなった。

酒飲みは酒を飲む口実を百通りは用意していて、これと同じように、毎日でも古本屋に通いたい者——私のことである——は、「なぜ自分は古本屋に通うのか」と自分に云い聞かせる理屈を、百どころか、日々、無限に考えつづけている。

たとえば、ひとたび「チョコレート・ガール」と題された映画に興味を抱いたら、当然、その映画をめぐるあれこれについて書かれたものを古本屋の棚に探しはじめる。一本の映画には監督、脚本家、俳優とさまざまな人たちが関わっているので、作品そのものから逸れて、関わった人たちの来歴を調べることも必要になってくる。しかし、それだけではまだ飽き足らない。

そもそも、自分がなぜこの映画に興味をもったかといえば、単純に「チョコレート・ガール」という言葉の響きにひかれたのである。この一点に拡大鏡をあてて分析してみると、「ガール」に興味を抱くのは論じるまでもないとしても、この響きを魅惑的なものにしているのは「チョコレート」にほかならず、であるなら、「チョコレート」という言葉を念頭において古本屋へ出かけていくことが、当然、必要になってくる。

＊

もし、この世にチョコレートがなかったら、自分が生きてきたこの半世紀はどんなに味気ないものだったろう。チョコレートのない世界などまず考えられない。

もし、犬や猫や鳥といったわれわれの生活圏を彩る小さな生きものたちが、ある日突然、姿を消してしまったらどれだけ寂しいだろう。チョコレートの不在はその寂寞感《せきばくかん》と同じレベルにある。

あらためてチョコレートについて語るとなれば、無論のこと、〈ライスチョコレート〉の話から始めなければならない。これは一九六〇年代に少年少女であった者――私もその一人である――には異論のないところだと思う。

なにしろ、そのチョコレートは十円だった。

もういちど書きたい。十円だった。

一九六〇年代の貧しい少年少女たちであっても、ポケットの底には、なけなしの十円玉ひとつくらいはあった。その小石にも等しい銅貨一枚と、あの甘美なチョコレートを交換できるのだから、可能な限り――すなわち十円玉がそこにある限り――はてしなく交換しつづけるのは当然のことである。

つまり、ポケットに十円玉さえあれば、かならずライスチョコを買い食いしていた。それくらい、それは美味《おい》しかった——記憶ではそういうことになっている。

子供の手のひらに隠れるほど小さなバー状のチョコで、味も重量も吹けば飛ぶような軽さだった。いまはもうない。トーサンというのがライスチョコを製造していた会社の名前だったが、よりにもよって、トーサンとは、これいかに。ふと気づいたときには、ライスチョコはこの世から消えていた。

はたして、それはどんな味であったのか。芳醇《ほうじゅん》なカカオの香りをはらんだチョコレート特有の味わいが口一杯にひろがったのか？　そんなはずがない。というより、そんなことはどうでもよかった。そのころの少年少女はカカオの香りなど知るはずもなく、包装紙にそう銘打ってある以上、それがチョコレートだった。そして、ライスチョコこそ自分の意思で購入したチョコレートの第一号でもあった。

ひとつ十円。

記憶の中の菓子屋の店先は——それは主に駄菓子屋だったが——いつも冬空の下にあり、十円と交換したライスチョコをかじる少年は、そのときこうつぶやいたものだ。

「大人になったら、好きなだけチョコレートを買って好きなだけ食べたい」

念のため云っておくと、当時、販売されていたチョコレート菓子はもちろんライスチョコだけではない。菓子屋やスーパーの陳列棚には色とりどりのパッケージに包まれた数々のチョコレートが並び、その名を連ねていったらきりがないが、きりがある程度に連ねてみる。

チョコボール、チョコベビー、マーブルチョコレート、アポロチョコレート、ハイクラウン、エールチョコレート、コーヒービート、ルックチョコレート――と挙げ出したら、やはりきりがない。

これらの魅惑的なチョコレート菓子をどれほど美味しいものとして口にしていたか。いや、こうした名の通ったいまでも現役の菓子に限らず、名は失念してしまったが、多彩なキャラクターや物語をはらんだ商品が絶えずあらわれては消えていった。

それらは成熟期を迎えつつあったテレビCMの趣向と連動し、さらには、製菓会社がスポンサーとなった子供向けアニメ番組ともつながっていた。インターネットもコンピューターゲームもなかった当時の子供たちにしてみれば、菓子とテレビとアニメが人生のすべてだった。それらが、決して華やかではなかった時代を明るく彩っていた。

アニメの主人公がプリントされたパッケージに包まれたチョコレートは、そのアニメの物語の味がした。食べるたび、アニメのテーマソングが耳の奥で鳴り、舌から喉《のど》へ、さらには胃の底へ、ついには、記憶がしまいこんであるいちばん深いところまで、物語が甘く染みこんだ。

これは特筆すべきことである。チョコレートの向こうにはかならず物語があった。チョコレートは物語を背負って菓子屋の店先にならび、逆に云えば、そこにチョコレートがある以上、その向こうには、もれなく物語がついてくるものと信じられた。

こうしたことは世界的な現象であったのか、それとも、日本の一九六〇年代にのみ浸透した特異な出来事であったのか、いずれにしても、間違いなくあの時代に、チョコレートと物語の連携が、われわれの体の奥深くに投入されたと思われる。

＊

その一方で、そうしたキャラクターを背負ったものとは無縁かつ別格の存在として、「板チョコ」と呼ばれるものがあった。

いや、いまでも板チョコはあるが、「板チョコ」という呼び名は、じきに死語になるかもしれない。いまや、チョコレートはショコラとなり、板チョコはいつからか「タブレット」などと呼ばれている。

だが、あのころは板チョコだった。これは、父親が得意げに持ち帰ってくるパチンコの景品のひとつとして、夜の卓袱台《ちゃぶだい》の上にしばしばあらわれた。それが明治であったか森永であったかはともかく、その板チョコは――いまでもそうなのだが――妖しく光る銀紙に包まれていた。

あの銀紙はどこかしら官能的だった。儚げにシャリシャリと音をたてる銀色の薄紙の中から出現する褐色《かっしょく》のたたずまい。そこには、アニメのキャラクターもオマケもなく、それゆえ、じつに「シーク」に整然として大人びていた。パチンコの景品だから、ささやかに一枚か二枚、父親にしてみれば、ついでのように持ち帰った板チョコである。それが子供の目にはきわめて上質で魅惑的なものに映った。

「ブラック・チョコレート」なるものを知ったのも、そうした景品のひとつとしてだった。それは、なおさら「シーク」な黒い艶紙《つやがみ》に包まれ、子供の口には、いかにもほろ苦く、これはどのようにしてつくられたのか、いや、そもそも、この食べものはいったい何なのかと不可思議な思いで味わった。

あるいは、あのときがライスチョコにはなかった本格的なカカオの香りを知った最初であったかもしれない。

そこから、われわれの生活圏をめぐるチョコレートの歴史はすさまじい早さで展開し、つぎつぎと知らないチョコレートが海を渡ってきた。挙げていけばきりがないが、キリがある程度にならべると、ハーシーに始まるその名前は、ゴディバ、デメル、トイスチャー、ノイハウス、ラ・メゾン・デュ・ショコラ、ピエール・マルコリーニ、ジャン＝ポール・エヴァン——と、やはりキリがない。

毎年、新しい名がふたつみっつと増えていき、そのたび、未知のチョコレート——いや、ショコラが舌の上におごそかにのせられた。

われわれの世代は十円のライスチョコに始まり、ひとつひとつ階段をのぼるようにして世界中の「最高」と称されるチョコレートを食べてきた。そして、外国から届けられるその麗しいひと粒を口にし、ひと粒の向こうに何らかの物語が秘められているような幻想を抱いた。それゆえ、そのひと粒が驚くような値段であっても、物語に免じて快く受け入れてきた。

いつだったか、パリから帰国した知人がこちらがチョコレート党であることを知って、一枚のタブレットを買ってきてくれた。郊外に店を構える〈ベルナシオン〉という店の逸品で、その店のショコラはパリっ子も容易に入手できない貴重な宝石にも等しいものだという。そのタブレットは「昼と夜」という名で、その名前だけで物語が動き出すようだったが、その名のとおり、板チョコがミルクとブラックの二層になっており、これを食べてしまったら、もうこの先はないのではないかという究極の味だった。

しかし、そのとき舌は考えていた。

この「昼」と「夜」のあいだに冬空の下でかじったライスチョコに始まる無数のチョコレートの味が挟まれている。同時に、無数の物語が自分の体の中を通過していった。そのうちのいくつかは、通過することなく、いまも留まりつづけている——。

＊

ともすれば、話が本筋から逸れて脱線と云うべき領域に差しかかっているような気がしないでもない――そんな思いが働いたのか、古本屋の棚から引き抜いた本は『脱線息子』というタイトルで、分厚い背表紙に手書き文字で綴られたタイトルの上に「諧謔《かいぎゃく》小説」とあった。著者は佐々木邦《くに》。ユーモア小説の泰斗《たいと》である。

古本屋でこんなことを云うのもナンであるが、じつに古い本である。奥付によれば、昭和四年に刊行されたもので、八月二十日に初版が上梓《じょうし》され、そのおよそ二週間後の九月二日に刷られた重版だった。驚くなかれ「十九版」とあり、二週間で十九回も版を重ねるためには、一日一版では足りず、一日に二版を重ねる日が五日も必要になってくる。どういう事情かわからないが、とにかく、大変に人気を博した小説のようだった。

ちなみに、奥付のあとの巻末ページには同じ版元から刊行された佐々木邦の『愚弟賢兄』の広告が載っていて、その宣伝文句がふるっている――。

トテモ素晴しく面白い本が出ました！

佐々木邦先生の大傑作です！

萬人が萬人熱讀　夢中になる快著
面白い〳〵　トテモ面白い！

數ある佐々木邦先生の傑作中の傑作として讀む人感服せざるなしといふ名著です。何が面白いと云つても此の「愚弟賢兄」位面白い奇想天外な輕妙洒脱な、明るい思はず微笑苦笑禁じ得ない……

全く滑稽文學の最大傑作はこれです！

非常な賣行ですから早くお求め下さい！

そして、とどめを刺すように「二十版」と大きく謳っていた。ここまで云われたら興味を持たない方がどうかしている。しかし、これはあくまで『愚弟賢兄』の宣伝文句であり、こちらが手にしている『脱線息子』を賞賛したものではない。ただ、『脱線息子』も二週間で「十九版」を重ねているのだから、「最大傑作」の「二十版」に迫る勢いであることは間違いない。

古本屋がつけた値段は五百円で、さて買おうかどうかとページを繰っていると、ふと、「チヨコレート」の一語が目にとまった。というか、よく見ると「チヨコレート」という章があり、

『不二家のチヨコレートを十圓今日直ぐ送つてやつて下さい。』

というセリフが見つかった。

「チヨコレート・ガール」はこの本が出た三年後につくられた映画で、明治製菓と提携している。が、こちらは提携しているかどうかはともかく、メーカーは不二家である。

参考までに、件の『愚弟賢兄』の広告には「定價二圓」という表示があり、「四六判函入極美本」と記されていた。仮に『愚弟賢兄』の定価を現在の売価に換算して二千円

とみなし、これをもとに、チョコレートの値段を割り出すと、金一万円になる。

古本屋の立ち読みで小説の内容を把握することはできなかったが、どうも若い男が若い女に不二家のチョコレートを一万円分贈ろうとしているようだった。そこにはおそらく恋愛や結婚がからんでいて、「御進物」という言葉も出てくるので、この当時、不二家のチョコレートにはそうした効力もあったのだろう。

このチョコレートを進物にする「男」が「脱線息子」であるかどうかはわからない。しかし、立ち読みをする限り、たしかに面白そうなので購入することに決めた。

佐々木邦の小説を買うのはこれが二冊目で、以前、『アパートの哲学者』という仙花《せんか》紙《し》本を、これまたタイトルにひかれて買った覚えがある。覚えはあるが、本棚の混沌にまみれて久しく目にしていない。読んでもいない。が、いまこそ読んでみたかった。

というのも、『脱線息子』を拾い読みするうち、そんなものは存在するはずもないのに、『チョコレート・ガール』という小説本がどこかにあり、映画はどうやら切ない物語であるようだけれど、小説は「諧謔小説」のおもむきがある――いや、もういちど云うが、そんな本は存在しないのだけれど、どうにも、ありありと目に浮かんでくる。

（じゃあ、自分で書いてしまえばいい）

ふいにそう思った。

＊

たまたま手にした佐々木邦の本に「脱線」の二文字があったのが運命であったと思いたい。というか、本棚の奥に隠れたまま見つからない『アパートの哲学者』という表題をふまえて云えば、前へ進むということは、これすべて脱線の一種にすぎない。

情報にあふれた街なかを生きる「アパートの哲学者」は、見ざる聞かざるの姿勢を通すことが難しく、小耳にはさんだことや、ふと目にした何やかやに影響されて、たびたび脱線を繰り返してしまう――。

まさか、『アパートの哲学者』にそんなことが書いてあるとは思えないが、書かれていないことを確認するためにも本棚の奥から見つけ出したい。そういえば、「チョコレート・ガール」を探索するきっかけとなったチラシも自分の本棚の奥からあらわれた。

そう思って、念入りに書棚をひっくり返していたら、「そうだった」と思わず口走ってしまうような本が奥から出てきた。

『ドン・キホーテ』である。

やや小ぶりのやや縦長の本で、辞書を思わせる厚みがあって、しかし、表紙には味わいのあるコミカルな装画があしらわれていた。たしか、この表紙を気に入って買った覚えがある。

大正十五年十一月二十日発行で、作者の名は「セルヴンテス」と表記され、「バ」でも「ヴァ」でもなく、「ワ」に濁点を打っているのが面白い。訳者は奇遇にも佐々木邦で、小説は『アパートの哲学者』だけだったが、このなんとも可愛らしい翻訳本を手に入れていたことを忘れていた。

『ドン・キホーテ』という小説には以前より格別の興味があり、「いつか、こういう小説を書けないものか」と遠い空を眺める思いで企んできた。翻訳者の違うなるべく古い版の『ドン・キホーテ』を少しずつ集め、これはそのうちの一冊だったが、よくある抄訳ではなく全訳であるところに価値があった。

のみならず、訳者の佐々木邦が『ドン・キホーテ』という大作に物怖《ものお》じせず、自分の言葉に置き換えて、のびのびと書いているのが気持ちよく伝わってくる。

それにしてもだった。

『ドン・キホーテ』という小説の、特に前半は、まさに脱線につぐ脱線で、主人公と関わりのないエピソードがいくつも挿入されている。

余談だが——余談もまた脱線である——隣町に「鷲安の殿堂」を掲げた大型ディスカウントストア＝〈ドン・キホーテ〉がオープンしたので見学してきた。「鷲安」の二文字をなんと読むのかが最初の疑問で、ちょうど『ドン・キホーテ』を書棚から見つけ出したばかりだったので、そもそも、なぜディスカウントストアに「ドン・キホーテ」などという名前をつけたのかと考えながら店内を散策してみた。もし、鷲安のセラミック・ヒーターがあったら購入を検討しようと思っていたのだ。

しかし、結局買ってきたのは、まったく予期していなかった、洋梨とキャット・フードだった。

なるほど、壮大な脱線を促す店である。

チョコレート・ガール探偵譚

7

それからというもの、佐々木邦の『アパートの哲学者』を自分の本棚の中に探していた。人生の後半を生きることとは、「たしかにあるはず」と自分に云い聞かせながら、延々と本を探しつづけることである。

（しかし、本当に買ったのか）（夢でも見たんじゃないのか）と疑念が募《つの》る一方、その本を買った古本屋の様子や、古本屋にたどり着くまでの——まさに夢でも見ているようなな——行程がありありとよみがえってきた。

棚を探ることをあきらめ、外へ出て隣駅まで歩く。見上げれば晴天で、雲ひとつない。隣駅の駅前には気軽にコーヒーが飲めるところがあるから、ここはひとつ熱いコーヒーでも飲みながら考えてみよう。

あの古本屋は、さて、どの町の古本屋であったろうか。

*

町の様子はよく覚えていた。しかし、どうしてあの町へ行くことになったのかは思い出せない。仮にその町をb町と呼ぶとして、b町の名を冠した私鉄駅を中心とした、じつに込み入った商店街や、昔ながらの市場と、くたびれたショッピング・モールは細部まで思い出せる。

五年ほど前のことだと思われる。「夢でも見ているような」と書いたのは理由があり、この五年のあいだにb町の夢をたびたび見るのだ。それで、町の細部を昨日のことのように思い出せる。だから、実際のb町には一度しか行ったことがないのだが、繰り返し訪れて馴染みになっているような錯覚がある。現実のb町に夢のb町が上書きされ、そうなると、本当にb町の様子を「思い出せる」と云っていいかどうかわからない。

(では、もういちど行ってみようか)

飲みかけのコーヒーをテーブルの上に置くと、周囲の客が私の方をいっせいに見たような気がした。

頭の上を列車が走る。

この店は私鉄電車の高架下にあり、コーヒーを飲んでいるあいだは忘れているが、頭上に音が響くと、何人もの人が運ばれて行くのが透けて見えるように思う。

と同時に、こちらもまた列車に乗ってどこかへ行きたくなってくる。

(よし、やはり行ってみよう)

b町へ行くには頭上の私鉄電車でターミナル駅へ出て乗り換える必要がある。面倒ではあるが遠出というほどではない。地図で云うと東京の下の方で、そのあたりには父方の先祖代々の墓があった。

(そうか)と急に思い出す。あれは墓参りの帰りだった。予定より早く済んで、母と駅で別れ、夕方までの時間をどう使おうかと腕を組んだ。いや、腕を組むのはあくまでポーズで、(どこへ行くか)の答えはいつでも「古本屋」と決まっている。

ただし、墓の近くには行きつけの古本屋がなく、しかし、いずれ自分もその墓に入ったら幽霊になってでも近辺の古本屋を覗きたくなるだろう。それで、そのあたりにどんな古本屋があるのか、この機に探してみようと思い立った。

目星があったのである。b町の商店街のはずれに〈b書房〉という古本愛好家のあいだでよく知られた店があり、墓の近くとは云い難いものの、この酔狂にかこつけて行ってしまおうと足が向いたのだった。

＊

コーヒー屋を出て駅に掲げられた路線図を仰ぎ見ると、b町の名が右下のほとんど見切れてしまいそうなところにあった。

昼下がりの上り列車は空いていて、窓外には空の青さを背にした街の稜線が幾何学的につづいている。二十分ほどでターミナル駅に到着し、売店でハッカ飴を買って、b町に向かう私鉄に乗り換えた。

三十分ほどかかったろうか。車内アナウンスが「b町」の名を告げ、口の中ではハッカ飴が舌の上でいましも消滅しそうだった。

ホームに降り立ち、駅周辺の案内板を確認しながら、五年前の記憶をたどってみる。たしか西口だった。駅を出るといきなり西陽が照りつけてきたのを覚えている。実際に西口を出て駅前に立つと、西側には高いビルがなかった。東側には三階もしくは四階建ての古いビルがいくつか並んでいる。並んでいるというより複雑に連なっていると云った方が正しい。

記憶を探って駅前の歩道を歩いた。

ここでスマートフォンを取り出して、〈b書房〉の住所を検索すれば、たちどころに画面上の地図に赤いポイントが示される。しかし、まずは自前の記憶をたどってみたかった。あの日もそうだったが、急いでいるわけではないのだ。早急に〈b書房〉に到着したところで、何がどうなるわけでもない。

ただ、歩き出してすぐにわかったのは、夢の中にあらわれるb町が現実とそっくり同じであったことだった。もしや、自分はまた夢を見ているのではないかと訝《いぶか》る思いもあったが、地に足は着いているし、風景も行き交う人たちの様子も夢のそれではない。

百メートルほど歩くと、この界隈で最も長い歴史を持つ市場が見つかり、その薄暗いほら穴に似た入口を、あのときの自分もいまの自分も素通りするわけにいかなかった。

迷わず中へ進んでいく――。

*

右手にまず八百屋があった。「キムチ」の赤い三文字が目につき、その隣は歯抜けのように店がない。入口はほら穴のようだったが中は蛍光灯の光で充たされ、肉屋、海産物屋、総菜屋とつづいて、ふたたび八百屋があらわれる。

その向かいに透明なビニールシートを吊るして仕切りがわりにしている食いもの屋があった。頭に白いタオルを巻いた男が二人、丼に盛られたものを無心に食べている。屋台のように小さな店だが、不釣り合いなほど大きい「営業中」という幟《のぼり》が立っていて、そうした幟はあちらこちらに立っていた。「弁当」の幟を掲げた一角には粗末なテーブルと椅子が乱雑に置かれ、どうやらそこでカレーライスが食べられるようだ。老婆が二人、カレーを食べたあとなのか、コーヒーを飲みながら大きな声で話し合っていた。しかし、何と云っているのかまったく頭にはいってこない。

この一角の中心にエスカレーターがあり、上階へはのぼれないが地階へおりられるようになっていた。妙にスピードがのろく、そのうち止まってしまうのではないかというエスカレーターで、地下の様子がゆっくり眼前にひろがると、かなり広いリサイクル・ショップのようだった。とりとめなく雑然としていて、はたして本当に店として機能しているのかどうかわからない。

が、いざ地階におりてみると、その雑然には親しみがあり、この町の生活の断片が集められていた。

いくつもの壺。簞笥《たんす》。巨大なカボチャのオブジェ。ありとあらゆる食器が並べられた戸棚。何十台もの炊飯器、何十台もの掃除機――。

隙間なくスチールで組まれた棚がジャングルのようにつづき、道具としての機能をうしなった正体不明のものが放置されていた。

大小さまざまな冷蔵庫が並び、電子レンジが積み上げられて、洗濯機が何台もある。

洗濯機に貼られた「値下げ品」の赤い札がまぶしく、目を奪われて気づかなかったが、老婦人が微動だにせず洗濯機を物色していた。誰もいないと思っていたので、ぎょっとなり、（そうか、やはりここは営業中なのか）と認識を新たにした。

通路のつきあたりには巨大な「非常口」の表示が鈍く光っている。左に折れると加湿器の群れとストーブの群れがあらわれ、年代物のステレオ装置とマッサージ・チェアとテニスラケットが並んでいる。

「ここでしか買えない逸品です」という幟。途方に暮れたように行き場をうしなったスーツケース。どういうものか自転車が一台とめてあり、これもまた売りものかと思われたが値札がない。誰かがそこまで乗ってきたのだろうか。

「クイック・マッサージ二千円」の看板。中年のカップルが手をつないで歩いてくる。女は足をひきずっていて、男は晴れているのにビニール傘を抱えている。

あちらこちらで蛍光灯が切れかかっていた。

鉄の梯子が作業の途中らしく壁にたてかけられている。この通路には何箇所かマンホールがあり、鉄の蓋のまわりに何色ともいえない水がたまって、そのあたりまで来ると、いよいよ方角がわからなくなってきた。つぶれたままの定食屋があり、カーテンで覆われた得体の知れないコーナーもある。

この混沌に目印のごとく赤のれんをさげた食堂があらわれ、しかし、店先に段ボール箱が積み上げられていて、中に入れない。「洋食・中華」とのれんにある。

ミンチカツ定食、オムレツ定食、トンテキ定食、ハンバーグ定食、野菜焼定食、八宝菜、からあげ、すぶた、エビフライ――。

「焼めし、オムライス、からあげ、エビフライはお持ち帰りできます」とある。

メニューは巻き物を解いたようにどこまでもつづき、五目焼めし、ラーメン、ワンタンメン、カレーライス、玉子スープ――と果てしない。

食堂の先には「カステラパンの店・わかまつ」の看板を掲げた店があり、ほの暗い地下工場らしきものが隣にある。売店に老婦人の売り子が立ち、奥の棚に置かれたテレビを眺めていた。どうやら、カステラを計り売りしているらしい。ショーケースの中に無数のカステラが並び、じつに旨そうなのでひとつ買ってみた。

老婦人の売り子は何も云わずにカステラの重さを計り、「二百三十円」と低い声でそう云った。代金を払って、「わかまつ」の名がはいった白い袋を受け取る。中のカステラは思いのほか重く、「ありがとうございました」となぜかこちらが礼を云ってしまった。

この「わかまつ」の先はなだらかな坂のように通路が下っていて、そのうえ蛇行して、どうやら別の建物に接続しているらしい。建て増しをしたときにうまくつながらなかったのを無理矢理つなげてしまったのだろう。接続の境界と思われるガラス戸を押して前へ進むと、そこから先は小さく音楽が流れ、「わかまつ」の袋をさげた老婦人が何人もいた。どうやら、ここには老婦人しかいない。彼女たちは一様に袋をさげ、同じような色あいの特徴のない地味な服を着ている。

そこへ場違いなほど高級そうな肉屋があらわれ、その前でやはり老婦人が二人、肉を物色しながらひそひそ話し合っていた。左手には花屋、右手には誰もいないパソコン教室があり、「無料体験」と大きく宣伝している。

ときおり緑色の網が張られた何もない空間があらわれる。「テナント募集」の立て看板が置かれ、化粧品屋が何軒かつづいて、何年も前の女優のポスターを飾っている。

靴屋では大きなマスクをつけた老婦人が、「お買い得六九〇円均一」のサンダルを値切っていた。それを宝くじ売場の女と自動販売機の入れ替えをしている赤いシャツの女があきれたような顔で見ている。

宝くじ売場のカウンターに「本日大安」とあった。

下着屋、子供服、紳士用品、眼鏡屋とつづき、銀行のキャッシュコーナーがあって、エスカレーターのあるエントランスに出る。そこへ来て、ようやくガラスごしに外が見え、地階から下降したはずなのに外はどういうものか地上だった。

陽が射している。

エントランスには赤い絨毯《じゅうたん》が敷かれ、いかにも古いエスカレーターに吸い込まれるように乗って二階へあがってみた。

レンタルビデオ屋、宝石屋、印鑑屋、布団屋と店のおもむきは変わったものの、赤い札に黄色い文字で「激安」と書かれた貼り紙が貼られている。オレンジ色のセーターを着た背の高い女が足早に追い越していき、その足音が通路に大きくこだました。

「募集」の貼り紙。アルバイトとパートの募集。時給六七〇円。

天井の低い薄暗い一角に、マッサージ屋、占い屋、ネイルショップ、写真館が並び、そのあたりには老婦人だけではなくベレー帽をかぶった歳若い女が行き来している。「募集」の貼り紙。誰もいない理容室。埃をかぶった消火器。

二階の通路はつきあたりで二手に分かれ、左手は半階ほどのぼって別の建物につながっていた。誘われるようにそちらへ行くと見覚えがあり、最初のほら穴のような入口にいつのまにか戻っている。黒い制服を着た女が柄つきモップで床を磨き、その女をやり過ごして右に折れると屋根のついたアーケード街に出た。買物客が多い。かまぼこ屋の前に女たちが群がり、その様子を自転車にまたがった女が百円ハンバーガーを手にして眺めている。

果物屋、信用金庫、ドラッグストア、ジューススタンド。

店舗が尽きたところでアーケードも尽き、白いボックスカーが道端にとめられていて、窓に白い文字で「団子」と書いてあった。

左手には薬局がある。その向かいに果物屋、タコ焼き屋、不動産屋と並び、陽射しが強く、黒コウモリを日傘のかわりにさしている女が目についた。男の姿はない。スクーターが乗り捨ててあっても、その乗り手がいない。

パン屋の角を曲がると駅前の大通りに戻り、郵便局と歯医者と銀行があって、区営バスの停留所があった。杖を手にした老婦人が二人、神妙な顔で何か話している。シャッターには「貸店舗」の貼り紙。消防署には消防車が五台と救急車が二台待機している。大通りをトラックが行き交い、空は雲ひとつなく、区役所の角を曲がると建物に挟まれた路地のつきあたりに地下へおりていく階段があった。階段の下の洋食屋の看板に「ステーキ」と大書きされ、その先になだらかな坂があって、同じ店構えの理容室がいくつも並んでいる。

カット一四〇〇円、パーマ三〇〇〇円、カラー二九〇〇円。

「コロッケ」と書かれた幟。道端にならぶおびただしい数のスクーター。

道行く人の半数は杖をついて歩き、その先の十字路を右へ曲がってしばらく行くと、〈b書房〉はもうすぐそこである。

チョコレート・ガール探偵譚

8

小さな店ではあったが店内に詰め込まれた本の数は尋常ではなかった。

「このあたりはですね――」

〈b書房〉の店主であるaさんは、店の奥に自分の体ひとつだけがおさまる居場所を確保していた。

「もともと坂の多い街で、そこへ無理矢理、商業施設をこしらえたわけです。それで、一階を歩いていたのにいつのまにか地下になっていたり、地下を歩いていたのに二階を歩いているなんてことがよくあります。小さな店が多くて、そのうえ、そんなつくりですからね、横だけじゃなく縦にも迷路みたいになって、いわば、立体パズルの中を歩いているみたいなもんです」

主人の話はそのまま〈b書房〉の店内にも当てはまり、本を積み上げたり並べたりしているうち、店全体が立体パズルのようになってしまったのだという。

「何かお探しですか」

「ええ」と相槌《あいづち》を打ったものの、迷路めいた店内に頭がくらくらして、何をしにこの店へ来たのかすぐに答えられなかった。あとになって考えてみると、佐々木邦の本を買ったときの記憶がよみがえればそれでよかったのだが、「何か?」と訊かれて反射的に、

「チョコレート・ガールの――」

と答えていた。

「チョコレート・ガールの」と復唱する店主に、「水久保澄子という女優さんが主演で」と説明をしようとしたところ、「ああ」と店主はすぐに理解したようだった。

「ご存知ですか」とこちらは声がうわずる。

「ええとですね」

店主がおもむろに立ち上がった。彼が定位置から動くと、店内を構成している立体パズルの均衡《きんこう》が崩れてしまうのではないかと恐ろしくなる。

「たしか、ありますよ」

そう云いながら、込み入った店内を蛇のように体をくねらせながら移動していった。姿が見えなくなると、少し離れたところから本の山をかきわける音が聞こえ、しばらくして、いかにも得意げな顔で戻ってきた。

「ほら、これです」

銀色の小ぶりな本をこちらに手渡した。

『往年のスターたち』というタイトルの見慣れない本である。「消えた歌手・俳優を追って」と副題があり、染みの浮き出た疲れた本だったが、目次を繰ると、「恵まれぬ晩年」「引退した老優」「老優いまだ健在」「歌いつづけるベテラン歌手」といった見出しがつづいていた。巻末に索引があり、往年の歌手と俳優の名が細かい文字で二百人以上ならんでいる。その中に「水久保澄子」の名があった。「恵まれぬ晩年」の項にエピソードが紹介されている。

水久保澄子　大正七年六月五日生・五十一歳

最初に一行そうあったが、五十一歳というのは、この本が刊行された一九六九年当時のものである。

松竹少女歌劇から、逢初夢子（後述）といっしょに蒲田に入り、「嵐の中の処女」（島津保次郎監督）の主役をやり、この作品は昭和七年のトーキー作品として優秀映画賞も受けた。「水着女優としても恥ずかしくない堂々たるグラマー」の彼女は、フィリピン人と結婚して一時期マニラに在住していた。しかし、その後は松竹蒲田会にも出席せず、「消息不明」で自殺説まであった。「日本演劇協会」の女優名鑑編集者の森川健太郎氏から彼女の消息を聞き知った。森川氏は某女優から、「近くにいらっしゃいます」という情報を得たのである。「明治百年女優祭」の招待状を演劇協会から郵送しようとしたが、出席を依頼するのがかえって失礼なのではないか、それで森川氏はそっとしておいてあげたいと思った。

彼女の消息については簡単にそれだけを記してとどめておきたい。生活の面でも恵まれておらず、いまはほそぼそとひとりで暮らしている。

水久保澄子について書かれているのは以上だったが、文中の逢初夢子《あいぞめゆめこ》（後述）の（後述）が気になって、索引を頼りに「逢初夢子」に関する記述にも目を通した。

逢初夢子　大正四年十二月二十五日生・五十三歳

松竹歌劇団から松竹蒲田に入り、水久保澄子と「蝕《むしば》める春」（成瀬巳喜男監督・昭和七年）に共演、その後は日活、新興キネマなどで活躍、戦後も「肉体の門」（昭和二十三年）に出演した。

プロフィールにつづいて結婚の際のエピソードが紹介され、相手は「女優なぞと結婚するなと大反対された」とある。（逢初の話）として、次のような談話が記されていた。

「わたしたちの時代というのは、まだそういう気持が一般の人にあったようですね。スターだからといってチヤホヤされることもほとんどないし、ただ芝居が好きなのと松竹というところは非常に家族的な面があったからやってこれたんですよ。お金のことなども会社にまかせっきり。まったくのんきなものでしたよ」

（逢初の話）というのが、どこからか引用してきたものなのか、それとも、直接、ご本人から聞いたものなのか判然としない。が、いずれにしても、その声が聞こえてくるようだった。

一方、水久保澄子については、あまりに断片的で、当然ながら、これだけでは本当のところは何もわからない。というより、この短い紹介文を読む限り、本当のところなど誰にもわからないのではないかと思われた。それだけに、「近くにいらっしゃいます」という某女優の証言が、そこだけしっかり声になって聞こえてくる。

この一文が書かれてからすでに半世紀が過ぎているし、「近くに」というのが、どこからどのように近いのかもわからない。が、そうした時間や空間を超えて、

「近くにいらっしゃいます」

と耳もとで囁《ささや》かれた気がした。思わず、本から顔を上げてあたりを見まわす。すると、すぐ隣にいたはずの店主の姿がなく、姿は見えないのだけれど、店内のどこからか「おかしいな」「たしかあったはず」「売れてないからな」「あることはあるんだよ」とつぶやく声が聞こえてきた。

そのうち、

「ありました」

と声が大きくなり、店主はふたたび蛇のように体をくねらせながら一冊の黄色い本を手にして戻ってきた。

「ほら」

それはどうやら雑誌のようで、黄色の地にスミ罫で囲んだ白抜き文字で「映画論叢」とあった。その下に「水久保澄子の悲劇」と大きく記されている。その下には水久保澄子のスチール写真が配され、「嵐の中の処女」より、とキャプションが入っていた。

表紙をめくった裏面も水久保澄子のポートレートが飾り、目次を見ると、「昭和初期の渋谷の映画館」「ヒロポンの時代」「ポルデノーネ無声映画祭に参加して」「〈復元版〉

とは何か」といった興味深い見出しが並ぶ中、「暗転 水久保澄子の悲劇」とあった。

当該のページを探し当てると、先の本とは打って変わって、こちらはじつに二十二ページも費やされていた。写真も数多く掲載され、先の紹介文に出てきたフィリピン人らしき男性と並んで撮った一枚もある。

「たぶんですね」と店主が云った。「水久保澄子さんについて詳しく書いてあるのは、これだけだと思います。前に探してほしいと依頼があって、いろいろ見たんですけど、結局、山下さんが書いたこれが一番で――」

山下さんというのは、この二十二ページにわたる水久保澄子の評伝を書いた山下武のことで、店主が「山下さん」と微妙な親しみをこめて口にしたのは、山下武氏が著名な古本収集家で、古書にまつわる著作を数多く書いていたからだった。

件の逢初夢子と顔を寄せ合って写された写真もあり、その写真が配された見開きページから、水久保澄子のプロフィールが書き起こされていた。

水久保澄子（一九一六・一〇・一〇～?）は松竹樂劇部（のちの松竹少女歌劇）時

代の芸名で、本名は荻野辰子。一九一六年一〇月一〇日、東京府下荏原郡目黒町上目黒日向に出生。

さて——。

一九一六年は大正五年であり、いまいちど、『往年のスターたち』の記述を確認すると、「大正七年六月五日生」とある。まったく一致しない。どうやら、本名や出生地が詳述してあるこちらの方がより正しいような気がするが、これだけではなんとも云えなかった。

が、読むほどに印象的な場面が立ち上がってくる。

彼女の父、貞之助は上目黒に相当な地所や家作を持っていた資産家だったが、事業に失敗して多額の負債を抱え、家族を妻の実家に預けたまま、夜逃げ同様大阪へ落ちのびてしまった。その後、いったんは東京へ舞い戻って浅草の寿司屋横丁に食堂を出したがそれにも失敗。

彼女——水久保澄子は高等女学校を中途退学して松竹樂劇部に入団し、晴れてレビュー・ガールとなったものの、少ない月給の下積みがつづいた。

「劇場がハネたあと目黒駅で電車を降り、そこから真っ暗な郊外の夜道をトボトボ辿って帰るたび、前途に対する心細さが一層募った」

あたかも時間を巻き戻して、その場を見てきたかのような書きっぷりである。

「でしょう？」と店主。

「買います」と私。

「何か見つかったら、連絡しますよ」と店主。

「ぜひ」

二冊の代金と携帯電話の番号を店主に渡し、思わぬ収穫を得て意気揚々と店を出た。

＊

ところで、どれほど知恵とお金をかけてつくられたメイド・イン・ハリウッドの映画であっても、私の知る限り、あらゆる冒険活劇はその帰り道が詳細に描かれない。

この件については、すでに何度か書いてきた。

たとえば、冒険者がたび重なる困難を乗りこえて、ついに宝を見つけ出すという、何度も繰り返されてきた定番的物語の場合——。

宝の在《あ》り処《か》を記した地図に導かれて、冒険者は何週間にもわたって密林と断崖絶壁と沼地の旅をつづけてきた。冒険と云うからには、この道行きを阻む、さまざまな障害が次々と起こり、怪物、怪獣、怪人が冒険者の命を狙い、なんらかの理由によってとんでもなく巨大化した魚や虫や鳥といったものが休む間もなく襲いかかってくる。

何の前ぶれもなく、突然、嵐になり、すさまじい風雨と落雷に見舞われて、絶壁と絶壁を結ぶ橋が、どうにか渡りきった直後に崩落する。食糧は尽き、体中に傷を負い、意識は朦朧《もうろう》としながら、それでも冒険者はついに宝が隠された洞窟に到着する——。

が、この期《ご》におよんで、洞窟に巣食う吸血コウモリの群れと戦う羽目になり、その首領たるコウモリ大魔王と剣を交えて、ここでも大怪我を負う。しかし、どうにかコウモり大魔王を倒して冒険者はようやく宝の箱にたどり着く。

ところがである。

この宝の箱をいかにして持ち帰ればいいのか。金銀財宝は大変に重くて一人では運べない。仮に二、三人の同行者がいたとしても、皆、心身ともに傷ついて、体力など微塵《みじん》も残されていない。

仮に「宝」と呼ばれているものがジャケットの内ポケットにおさまるくらいの大きさであったとしても、すでに橋は崩落してしまったし、行きにあれだけの怪物たちが出現したのだから、当然、帰り道にも同等の魔群と対峙しなくてはならない。体力も食糧も気力も底をついている。

それでも、帰らなくてはならないのだ。

こうした物語における「宝」なるものは、自分の住み暮らすところへ持ち帰ったときに初めてそれ相応の価値あるものとみなされる。

もし、こうした状況を突破できない主人公が、一転、帰ることを放棄し、宝の山とともに密林で暮らすことを選んだとしても、食糧がない以上、結局のところサバイバルが必至となる。

それで、このどうしようもない事態を無難に収束するべく、この手の物語の「帰り道」は、唐突なヘリコプターによる救援、あるいは、宝の箱と冒険者を悠々と背中に乗せて飛翔できる巨大で善良な鳥の登場によってすみやかに幕が引かれることになる。

私は本を抱えたまま以上のような考察をして立ち尽くし、〈b書房〉へ至ったあの迷路のような長い道のりを思い返してため息をついた。

＊

しかし幸いなことに、b町は地図をつくることが難しい街ではあっても、決して、密林や断崖絶壁や沼地ではない。食堂や喫茶店の類《たぐい》が無数にあり、そうしたところに寄り道をしながら帰れば、往路に感じたあのめまぐるしさも少しは軽減されるはず。

そうすることにした。

とはいえ、この迷宮の街は来た道をさかのぼることさえ難しく、道端にならぶおびただしい数のスクーターをやり過ごし、「コロッケ」とだけ書かれた幟を見つけて、(そういえば、ここを通ったような)と、かろうじてほのかな記憶がよぎる。

が、その先の坂をのぼったところからつづくアーケード街には覚えがない。すでに陽が暮れ始めていて、目印となるはずの建物が暗く沈んでいた。

(はたして、帰れるのだろうか)

そうつぶやいたところへ、〈エリーゼ〉という名の喫茶店が目にとまり、看板に書かれた「コーヒー」の四文字にひかれて店の中に逃げ込んだ。(休むのはまだ早い)と理性ではわかっている。しかし、手にした本のつづきを早く読みたかった。

ほの暗い店の奥の席に落ち着くと、

「いらっしゃいませ」

あらわれたウェイトレスが先の本に掲載された水久保澄子の写真によく似ていた。

「コーヒーを」

「コーヒーですね」

ウェイトレスは音もなく背中を向けて去っていく。

そういえば、私はまだ水久保澄子の背中を見たことがなかった。目にしたのは、こちらを向いて写っているグラビア写真かブロマイドで、フィルムの中で動いている彼女をまだ見ていない。

〈b書房〉の包みをひらいて先の黄色い雑誌を手にし、「暗転 水久保澄子の悲劇」のつづきを喫茶店のテーブルを照らす二十五ワット電球のもとで読んだ。

最初の幸運は、成瀬が入社早々の彼女を抜擢して菊池寛原作の「蝕める春」（昭和七年五月二十七日封切・浅草帝国館）に起用したことである。それまで短編喜劇ばかり撮らされていた成瀬にとっても初めての大作だったが、澄子は美しい三人姉妹の可憐な三女役を見事に演じ完せて抜擢に応えた。

（中略）

キネ旬の批評でも、「新入社であるところの逢初夢子、水久保澄子の二人が、少しもぎこちなさを見せずのびのびとした演技を見せていたのは気持よかった」（北川冬彦）と、好評をもって迎えられた。

（中略）

次いで主演した島津保次郎監督のトーキー第二作『嵐の中の處女』（昭和七年七月十五日封切、浅草帝国館）の成功で早くも青春スターの地位を確立。この映画でダンサー役で出演した同期の逢初夢子に断然差をつけた。

（中略）

彼女がいかに蒲田にあって重用されたかは、昭和八年一月には逢初と共に準幹部に昇進したのみか、『娘三人感激時代』（野村浩将監督）を最後に、昭和九年六月松竹を退社するまで、デビュー作『嵐の中の處女』を含め二十本以上の映画に出演していることでもわかる。その中には準主役や助演物もあるとはいえ、芸者から若奥様役まで大過なく演じ、女優としての成長振りを見せた。

（そうなのか）とページから顔を上げて頭上の電球を見た。切れかかっているのか、ときおりチカチカと明滅する。

ウェイトレスが黙ったままコーヒーを運んできて、黙ったまま伝票とともに置いていった。サイレントである。「お待ちどおさま」も「ごゆっくりどうぞ」もない。

それにしてもだった。

水久保澄子が「チョコレート・ガール」で主演をつとめた昭和七年は彼女にとって映画界へのデビューの年であり、たてつづけにスクリーンの花となっていた年でもあった。ここで、しきりに言及されている「蝕める春」と「嵐の中の処女」の二作品はやはりフィルムが現存していないが、かねてより名作との呼び声が高い。

しかし、残念ながら「チョコレート・ガール」については、ただの一行も触れられていなかった。

チョコレート・ガール探偵譚

9

b町の迷宮から帰り着き、〈b書房〉で手に入れた黄色い表紙の雑誌を熟読するうち、水久保澄子の動く姿を見たくなってきた。

「伝説」と称される人物を探求していく上で、動く姿を確認できるのは稀有《けう》なことである。たとえば、土方歳三に興味をもって、伝聞をまとめた本や本人が残した手紙などを読みながら、写真館で撮影されたと云われている例のポートレートを眺めるということはままある。伝説となった人物はおおむね詳細な情報が残されていないがゆえに、より伝説の重みが増し、われわれは土方歳三が髪をかきあげるところを見たことがないし、まばたきをするところさえ見たことがない。無論、声を聞く機会もなく、あの一枚の写真から、ひたすら想像を逞《たくま》しくするしかない。

しかし、水久保澄子は映画スターで、判明しているだけでも四十本近い映画に出演していた。その大半はフィルムも映像データも現存していないとしても、土方歳三と違って、そのまばたきを見ることが可能である。あるいは、髪をかきあげているところも拝見できるかもしれない。

声は――さて、どうだろう。

残されたフィルムのうち、筆頭にあがる作品はサイレント時代のもので、仮にトーキー作品が現存していたとしても、セリフのない端役《はやく》であれば、ひとことも話すことなく通り過ぎるだけという場合もある。

声を聞くのは難しいかもしれないが、ひとまず、残された作品の筆頭である小津安二郎監督の「非常線の女」を観ることにした。これは小津監督のDVD化された作品を買い集めたときに、たまたま入手してあったものである。

それにしても妙だった。

「チョコレート・ガール」というタイトルにひかれて、あれこれと探したり読んだりするうち、主役を演じた水久保澄子本人が「チョコレート・ガール」の「ガール」に見え、たとえフィルムそのものが見つからなかったとしても――というか、まず見つかることはないのだが――そのひとがどのような「ガール」であったかを調べることはある程度、可能である。

それで、いつからか「ミズクボスミコ」という響きが耳の奥に宿り、そのぼんやりとした幻影を輪郭線もあやふやなまま思い描いていた。あやふやなまま仕事場の机に向かい、「さて、いかなるひとであったか」と何度もつぶやいてきたが、じつのところ、その机からわずか四十センチあまりのところに、「非常線の女」のDVDが積み上げられていた。

(そういえば)と思い立ち、部屋の中を探してみたところ、机からすぐのところに見つかったのだ。「いかなるひとであったか」も何も、ひょいと手をのばしてそのDVDをつかみとり、ディスクをプレイヤーに入れて再生すれば、声は発しないとしても、動く彼女を確認することができた。

人生にはこうしたことがたびたび起こる。おそらくは誰の人生にも起こりうるので、大昔の誰かが、「灯台もと暗し」という言葉を発明した。

あるいは、「百聞は一見に如かず」もその類だろうか。

プレイヤーにディスクをセットし、再生ボタンを押すと、画面に音もなく「蒲田映画 1933 松竹キネマ株式会社」という文字があしらわれたレリーフが映された。文字は横書きだが、右から左へ読むべくしてならんでいる。

つづいて「非常線の女 小津安二郎作品」というタイトルがあらわれ、こちらは同じく横書きではあるものの、左から右へ文字がならんでいた。非常にグラフィカルな手描きによる文字で、白で抜かれた文字の背景にはモダンな印象の抽象画がぼんやりと見える。この抽象画を背にしたままタイトルバックが始まり、原作、脚色、監督の順で、その名が縦書きであらわれては消えていく。これだけでこの時代の妙が感じられた。右読みの横書きと左読みの横書き、さらには縦書きが混在している。

つづいてスタッフの名前が流れ、一拍おいたあとに「配役」と出て、最初に「田中絹代 岡讓二」の名前が役名とともにあらわれた。どうやら、この二人が主役のようである。

これにつづいて五人の名前がならび、その筆頭に「水久保澄子」の名があった。一人おいた三人目に「逢初夢子」の名があり、反射的に、「おお」と声が出てしまう。が、本当に（おお）となったのは本編が始まってからだった。

まずは俯瞰《ふかん》で映された広い舗道を二人の男が画面の左上から連れだって歩いてくる。ほとんどシルエットと化し、すぐにもう一人のシルエットの男が画面の右下からあらわれる。二人と一人はすれちがい、そのあと場面が切りかわって、部屋の内側から見た窓が映される。半分だけブラインドがおろされて窓は半分あいている。

柱時計が二つならび、ひとつは三時三十七分、ひとつは三時四十分をさしている。タイムカードもある。

舞台はオフィスのようだ。

壁の帽子掛けに一直線に帽子がならび、別の時計が映されると、こちらは三時三十二分で、時計の手前にさがった電灯がゆうらりと揺れている。半分ひらいた窓から風がはいってくる。その風によるものか、帽子掛けにならんだ帽子のひとつ——白い中折れ帽がはたりと落ちる。

つづいて、何人ものタイピスト——皆、女性である——がタイプライターを打っている場面になり、そのリズミカルな手の動きをなめらかに移動するカメラがとらえていく。

移動するカメラはタイピストのいないデスクで止まり、デスクの上には黒いタイプライターと飲みかけと思われる茶碗がある。そこへ縞柄《しまがら》のセーターを着た人物があらわれ、どうやらこのひとがこのタイプライターを操っている女性のようである。その顔が映されると、一瞥《いちべつ》で田中絹代——大変に若い——とわかる。

タイトルバックが終わって主役が登場するまで、およそ一分十五秒ほどだったが、これだけでもう素晴らしい映画だった。すぐに夢中になってしまう。これだけの情報が、いっさいの音も字幕もないまま描かれ、状況と詩情が同時につたわってくる。

そこから先はセリフのある場面が描かれるのだが、セリフは字幕が挿入されて、これはかなり目を楽しませてくれる装飾的な文字になっていた。セリフは少なくあくまで簡潔で、セリフの登場以降も物語の進行は言葉よりも情景によって語られていく。

場面がボクシング・クラブ、ダンスホールと移り変わり、ダンスホールのホステス役として逢初夢子が登場する。あでやかで華があり、出演場面は思いのほか長い。タイトルバックでは五人目だったのに、三番手の水久保澄子より先に登場して観る者の目を奪う。

そうか、逢初夢子さんというひとは、こういうひとなのかと見入ってしまったが、では、水久保澄子はどこで登場するのか、とやきもきしてきたころ――とはいえ、始まってまだ二十分ほどなのだが――街なかの蓄音器屋の店員として、じつにさりげなくあらわれた。店員らしい事務服を羽織り、華やかなドレスであらわれた逢初夢子にくらべると、かなり地味な装いである。

しかし、彼女は動いていた。

まばたきも当然ながら「している」と云いたいところだが、驚いたことに、ほとんどしていない。なぜか、しっかりと目を見開いたままで、その毅然《きぜん》としたまなざしが、すでにして忘れがたい印象をもたらした。

そのシーンは昼間の場面で、わずか二分ほどで場面が切り替わった。しかし、そのあと、夜の場面になってふたたび登場したときも、大きな目を見開いたまま、いっさいまばたきをしない。

これは、もしかすると水久保澄子に限ったことではなく、声による表現が封印されたサイレント映画においては順当な演技の方法なのかもしれなかった。

「目は口ほどに物を云う」である。

にわかにサイレント映画というものが、すぐれた文学的装置のように思えてきた。すなわち、「行間を読む」という文学の極意に似たものが随所に感じられる。

ことによると、映画に限らず、文化的な営み全般が「サイレントの時代」と「トーキーの時代」とに二分されているのかもしれなかった。「サイレントの時代」においては必要以上に言葉に頼ることなく、間合いや無言によって、その言葉の背後に隠された思いや秘密といったものが語られている。

これは、ひさしぶりに観たサイレント映画が、たまたま小津安二郎の名品であったからなのかもしれないが、サイレントという縛《しば》りによって表現がストイックに研ぎ澄まされ、観る者に考える余地を与えていた。

矢継ぎ早にこけおどしの映像的ショックを観客に仕向けるのではなく、考えるための余白の時間をもたらすことで、観客は受動的に観てしまうことに堕《だ》さない。自ら余白を入口として画面の内部に参入し、より深く映画の中に流れている時間に参加していく。

文学の醍醐味《だいごみ》もこの余白にあったはずである。それが、「サイレント」から「トーキー」に移り変わって、余白は説明的な言葉で埋めつくされた。

この余白が生む美や深みや沈黙ゆえの饒舌《じょうぜつ》といったものを、この国に生まれ育った者は誰に教わるでもなく先天的に持ちあわせているように思う。「サイレント」という形態が日本人の美意識や考え方、さらには、その表現方法として偶然にもちょうどよかったのではないか。

その抑制された表現の潔《いさぎよ》さが画面の中でそこだけ微動だにしない水久保澄子のまなざしに集約されていた。でなければ、初めて動く姿を見たほんの二分程度の登場シーンで、そのちょっとした立ち居振る舞いにぐっと引き込まれるというようなことは起きない。

その瞬間、自分がこの女優に関する情報をもとめていたことなどすっかり忘れ、その証拠に、最初に画面にあらわれた数十秒ほどは、それが彼女であると気づかないまま、そのまなざしに魅了されていた。

ふと思う。いま、われわれがたどっている道行きが、はたして「進化」と呼ばれてしかるべきものであるかどうかは、はなはだ怪しい。

「あれもこれも欲しい」「あれとこれと両方とも手に入れたい」「あれやこれやを、素早く手っ取り早く手に入れるには、どうしたらいいのか」「できる限り楽に」「考えるよりも早く、ただ親指を動かすことで、すべてが完了することが望ましい」

そうした欲望をかなえることがはたして「進化」なのか、と自問する間もなく、自問の答えさえ「手っ取り早く手に入れたい」と、いつからかそう思っている。

＊

そうしたことを考えていたら、美しいとはどういう状態にあるものを云うのかと、ついには、そんなことにまで思いが及んだ。

たまたま観た一本の音のない映画が「美しいとは何か」と考えさせるほどの力を持っていたのだ。それはおそろしく静かで、当然のように多くを語らない。ときにユーモラスで、しかし常に哀しみがあって凜としている。

すぐれたサイレント映画を観たあとは、何もかも「うるさい」と遠ざけたくなった。それでいて奇妙なことに、この「非常線の女」という映画は驚くほど音に充ちているのだ。音がないのに音楽が聞こえてくる。画面の中に音楽が流れていることを意識的に演出してつくられていた。

ダンスホールの場面では楽団が張りきって音楽を奏でている熱気が伝わってくる。水久保澄子が勤めている蓄音器屋ではレコードを試聴するシーンがことさら印象的に描かれる。

「神様がこしらへたものゝ中でも音楽は出来のいゝ方だぜ」

そんな粋なセリフが飛び出してくる。

そして、そうした音楽への祝福を象徴するアイコンとして、あのビクター・レコードの「犬」のマスコットが繰り返し画面にあらわれるのだ。

「チョコレート・ガール」が明治製菓とのタイアップであったように、この映画にはビクターが出資しているのかもしれず、こうしたスポンサーの宣伝があからさまに画面に登場することは、まだテレビのなかった時代においてめずらしいことではなかった。現にこの映画のクライマックスに差しかかったところで、「クラブ歯磨」のロゴをかたどったネオンが画面いっぱいに明滅し、ともすれば、これがこの映画のもっとも「うるさい」場面であったかもしれない。

が、こうした要素さえスマートに見えるのは、やはり、やかましい音が排されているからだろう。音がないということは、ときに世界をこれほどまでに麗しく見せるのだ。

およそ一時間四十分。最後まで観て振り返ると、さすがに三番手に名前があがっていただけあって、水久保澄子の登場シーンは思っていたよりも結構あった。そういう意味でも満足し、ふたたび件の「黄色い雑誌」に戻ってつづきを読むと、彼女はその演技と容姿でたちまち人気を博し、俳優として着実に成長する一方、人気者にはつきもののゴシップやスキャンダルに翻弄《ほんろう》された、と書いてあった。

映画会社の移籍、移籍にともなう金銭的問題と周囲の人たちの画策と欲望——そうしたことに疲弊した彼女は、キャリアを積み重ねてきた頂点に差しかかって、映画会社が鳴り物入りで仕掛けた大作「緑の地平線」の撮影中に、突然、失踪して自殺未遂事件を起こす。

水久保澄子は、この「緑の地平線」の主役に抜擢されていたのだが、この映画の存在が別の角度から知られているのは、原節子が初めて出演したトーキー映画だったからである。『原節子物語　若き日々』（貴田庄著）に、「水久保事件の波紋」という一節があり、この事件のあらましを記した当時の新聞――「東京日日新聞」である――の記事が引用されている。

日活女優水久保澄子こと荻野辰子さん（二〇）は目下「緑の地平線」にダンサー夏《（マ》子《マ）》として撮影中であったが、去る二十八日夜蒲田区新宿町四〇八松竹女優小櫻《こざくら》葉子さん方を訪れ、突然苦悶をはじめた。小櫻さんが驚いて看病すると自殺するためアダリン（著者註・催眠薬の一種）をのんだことを告げたので直ちに付近の医師を迎え手当の結果、生命は取り留め引続き小櫻さん方で静養中である。

報道したのは「東京日日新聞」だけではなく、「東京朝日新聞」の夕刊が報じた内容にも触れている。

「水久保澄子服毒　突如・重態騒ぎ　悩みの銀幕スター」という大きな見出しがあって、水久保の両親は自殺を否定し、尿毒症の発作で昏睡したという記事が載っている。同紙によれば、日活撮影所の側は二十四日に出勤が遅いから水久保をたしなめたら、撮影所を出て行方知れず、探したら、二十七日にようやく小櫻宅にいることがわかった。関係者が行って翌日から撮影をはじめる約束をした矢先、二十八日の朝、突然カルモチン（催眠薬の一種）を飲んで昏睡状態になったという。

二紙の報道をつづけて読むと、ずいぶんと内容が異なっていて、さらに、件の「黄色い雑誌」の記事には次のように書かれていた。

どうも真相がわからない。後日「尿毒症の発病」と訂正した新聞もあったが、事実は、やはり自殺未遂だった。事件を起こす二、三日前の行動は、逢初の家に行ったり、茅ヶ崎の茅ヶ崎館という旅館に小桜葉子を訪ねて、そこでユーモア作家中村正常夫人らと遊んだりしていたことがわかっていながら、服毒する前日の足取りがまる一日間ブランクになっていて、これがわかると真相がわかる、と探偵小説もどきに言う者まであり、(中略)服毒した夜は、フラリとどこからか帰ってきて、父親に、

「お酒ない?」

と、ウイスキーを要求、それを飲んで寝たとは、父貞之助の話。そのときウイスキーと一緒にアダリンを飲み下したらしく、発見されたときは昏睡状態だった。

先の報道とは違うことが見てきたかのように書いてあり、こうなってくると、これらの記事のいずれもがゴシップ記事やスキャンダル記事の延長に見えてくる。本当のことは藪の中であると云うしかない。

画面の中で多くを語らず、まばたきひとつせずにこちらをじっと見ている彼女の姿がオーバーラップした。彼女は「サイレント」の中に閉じこめられ、自分の口から真相を語る術をもたない。

が、『原節子物語 若き日々』の中に興味深い一文を見つけた。

ほとぼりが冷めた頃、水久保澄子が「主婦之友」一九三七年十二月号に「子をめぐりて……水久保澄子国際愛破綻の真相」と題する手記を書いている……

自ら語っていたのである。

さっそく、インターネットの検索で「『主婦之友』一九三七年十二月号」を調べてみたところ、九段下にある国立博物館〈昭和館〉の図書室に収蔵されていることが確認できた。閲覧も可能である。おそらく国会図書館にも収蔵されているだろうが、不勉強にも、〈昭和館〉という博物館の存在を知らず、この機会に利用してみようと思い立った。

と同時に、サイレント時代の出演作ではなく、トーキー時代になってからの出演作を観ることはできないものかとこちらも調べたくなってきた。

ようするに、彼女の声を聞きたくなったのである。

チョコレート・ガール探偵譚

10

九段下は決して遠いところではない。「よし」と腰をあげれば、おそらく自分のテリトリーから三十分と経たぬうちに到着できる。

ところが、こういうときに限って、雑用や野暮用に包囲され、地下鉄に乗って三十分と経たぬところに水久保澄子の「手記」が待っているというのに、なかなか閲覧をしに行くことができなかった。

そのかわり、「何か見つかったら、連絡しますよ」と声をかけてくれた〈b書房〉の店主から、茶色のやけに大きな封筒が届き、中をあらためてみると、タブロイド新聞ほどの大きさの古びた冊子が出てきた。ボートを漕いでいる赤い水着の女性を描いた表紙画に、「週刊朝日」と右から左へ横書きで誌名があしらわれ、裏表紙には「昭和十一年七月十九日發行」とある。

封筒の中から出てきたのはその雑誌だけで、他に添え書きらしきものは見あたらなかった。納品書や請求書といったものも同封されておらず、しかし、「何か見つかったら」と云っていたのだから、これがその「何か」なのだろう。表紙をめくると、最初のページに目次があり、立ち並んだ見出しの中に「水久保澄子」の名を探してみたが見つからない。仕方なく、染みの浮き出たザラ紙のページをめくっていくと、その十二ページに「忘れちや困ります　彼女らのことを　でハタキをかけませう」とユーモラスな書体で見出しが躍っていた。見出しの隣に四人の女性の顔写真が縦に並び、その上から二番目に、すでに一瞥で判別できるようになった彼女の顔があった。「水久保澄子」とキャプションもついている。

どうやら、この見出しから察するに、昭和十一年七月の時点で彼女は世間から忘れられつつあり、ハタキをかけて埃を払うまでになっているものと思われた。「非常線の女」から、わずか三年しか経っていない。

記事は『あすこにゐるのが、水久保澄子さ』という一行で始まっていた。

『あすこにゐるのが、水久保澄子さ』

と、友人が教へて呉れた。日比谷の映畫劇場の恐ろしく急傾斜した觀客席だ。

『五人女が列《なら》んでる。何番目がさうかね』

『睡眠劑をのみさうな顏をしてるのがそれさ』

と、友人は興味もなさゝうに答へた。


（中略）


その水久保澄子が結婚する。彼女が、例の自殺騷ぎを起したのは——あゝ、月日は流れる水のやうに速い——もう去年の夏になる。

あの事件は、突發すると同時に映畫會社自身によつて、各新聞社に傳へられたさうだ。そして彼女は馘首になつた。

彼女の我儘にかね〴〵業をにやしてゐた會社がワザとやつたことで、自殺騷ぎそのものは、實は大したことぢやなかつたといふ話もある。

その後彼女は、淺草の花月劇場に一寸《ちよつと》出てゐたが、これも母親の月給値上要求で辞めるやうなことになつた。

（中略）

彼女の「惜しむべき才能のために」フェミニスト菊池寛氏あたりが、（氏は、傷ける女性のために立つべき待機の姿勢をいつもとつてをられる頼もしい旦那である）日活復社の話を進めてゐるところへ、降つて湧いたのがこんどの國際愛物語りなのである。

彼女の國際愛の相手は、フイリツピン人で、バレンチン・エディ・タンフツコーといふ二十五の青年だ。

（中略）

タンフツコー氏は、五年前に故郷の醫學專門學校を卒業して、慈恵醫科大學に留學、外科と產科を修めた。今年卒業したが、もう一年日本にゐて、もつと研究しようと思つてるときに、この戀を掘りあてたのださうだから、勉强はするものである。

川崎のダンスホールにダンサーをやつてゐた彼女の姉さんを通じて二人は識りあつたさうだ。

（中略）

澄子の親友の中村正常の女房チエコあたりが調査の結果、タン氏は、マニラの近くのハゴノイの名譽領事をつとめる名望家パブロ・タンフツコー氏の御曹子であり、何よりもまづ金滿家だと判つて、澄子の兩親は早速承知。タン氏は親父にあて電報で結婚の承諾を求めるといふ騷ぎだつた。

親父さんもＯ・Ｋ。そこでこの秋はる〲やつて來る彼の父親を待つて結婚式を擧げて、來年の春歸國して病院を開く花婿と一緒に彼女もかの『太平洋上情熱の島』へ渡るといふ。

二人はもう、目黑の祐天寺で『試驗同居』の眞最中だ。

曾てのスクリーンの花、國際愛の花と咲き直し、といふ譯である。

フィリピン人と結婚したことはすでに知っていた。「黄色い雑誌」に、この記事と同様の経緯が記され、そのあとの顚末《てんまつ》も明かされている。すなわち、この「週刊朝日」の記事のあと、彼女は『太平洋上情熱の島』に渡り、そこで初めて結婚相手の本当の素性を目の当たりにすることになったのだ。

驚いたことに彼の父親は「金満家」などではなく、「大家族がニッパ小屋のような粗末な家屋に犇いて」暮らしていたという。ニッパ小屋とは椰子《やし》の葉を編んでつくられた家屋のことで、「水久保には一日たりとも我慢できる所ではなかった」と記されている。

＊

九段下の〈昭和館〉を訪ねたのは、じきに夕方にならんとしている暑い午後で、地下鉄の階段口を出たすぐ目の前にそれはあった。もっとほの暗い年季の入った建物を想像していたが、どちらかというと児童館のようなものを想起させる、ほの暗さとは無縁の建物である。

エレベーターに乗って四階にのぼると、探すまでもなく小ぢんまりとした図書室があらわれ、何人かの利用者が閲覧用のデスクに向かって、それぞれ本を読んだり、ノートに何ごとか書きとっていた。

受付で用紙を受け取り、あらかじめ用意していたメモから『主婦之友』一九三七年十二月号」とボールペンで書き写して受付に差し出した。すると、ほどなくして奥の閉架式書庫から「こちらです」と現物があらわれ、手にした印象は八十年の歳月をまるで感じさせないすこぶる状態が良いものだった。

ところが、ページをめくってみると、その時代の大きな影——すなわち日中戦争のもたらした影が随所に刻印されていた。「戰線」「銃後」「從軍」「慰問袋」といった言葉が目次の半分以上を占め、そんな中、またしても奇遇で、小説のページに佐々木邦の「トーチカ泥坊」なる作品が掲載されていた。角書きに「ユーモア小説」とあり、この目次の中でほとんど唯一のやわらかい言葉が、この「ユーモア」の四文字だった。

そうした見出しに埋もれるようにして、「子をめぐりて・水久保澄子國際愛破綻の眞相」という見出しが見つかり、「水久保澄子手記」と明記されていた。

目次に示されたノンブルを頼りに記事が掲載されたページを探したが、ページをめくるほどに予期せぬ戸惑いを覚える。婦人向けの雑誌が昭和十二年の時点で、ここまで戦時体制に偏向しているとは思っていなかった。

というか、もともと戸惑いは別のところにあり、自分が興味をもった人物がたまたま女優であったのだから仕方がないとしても、手もとに集まってくる資料の多くが、あまりに「ゴシップ」と「スキャンダル」の匂いが強くて辟易《へきえき》しかけていた。そうした記事ばかりをつなぎ合わせて不確かな人物像をつくるのは望むところではない。だからこそ、手記が残されていたと知って、少しは実像に近づけるのではないかと期待していたのだが、記事を確かめる前に、その期待はすでに揺らぎ始めていた。ここには明らかな規制があり、通常の誌面づくりではない非常時ゆえの体制が誌面を歪《ゆが》んだものにしていた。そうした編集方針のもとに掲載された「手記」が、はたしてどのくらい真実を伝えているだろうか。

＊

七ページにわたって綴《つづ》られた手記の冒頭で、水久保澄子は自らを「愚かな私」と称していた。

本當の愛情といふものは國境を越えても強く結ばれるものだと、愚かな私は信じ切つてをりました。けれども、事實は全く慘めに私の信念を打碎いてしまひました。私が、比島の田園生活に破れ、外人崇拜の迷夢から醒めて、一人マニラの病院で惱みつゞけてゐたとき、私の腕はしつかりと生後間もない愛兒謙を抱きしめてゐたのでした。

異鄕に縺れてゆく私たち夫婦の愛情は、この子謙をめぐつて、思ひがけない速さで破綻してしまつたのです。私たちは人眼を避けるやうにこそ〳〵と、われながら淺ましいほど情ない姿で、神戸へ歸つて來たのでした。

埠頭で、久方振りに日本の土を踏んだとき、足の下が何もかもグラ〳〵と一緒に崩れ落ちてゆくやうな、激しい目まひに襲はれました。私は、倒れるやうに、謙を抱いたまゝ、母たちの腕の中へ迎へられたのでした。私は、ほんたうに愚かな女でした。

この冒頭につづいて、自らの来歴を語っている――。

年も明けて間もない十五の春、私は、家庭の都合上、洗足高女を二年でやめて、松竹樂劇部のレヴュー・ガールとして、働くことになりました。月給十五圓、これが私の手にした最初の報酬でした。この僅かな、血の滲むやうな金も、私の自由にはならないほど、父母、姉、妹、弟二人の一家七人の生活は、窮迫してゐました。『金だ、金だ、何とかならんかなあ。』と、毎日考へに沈んでゐる父を見ると、私はしみ〴〵と、あゝお金が欲しい、と思ふのでした。

そのうちに、私は、映畫に出るやうになりました。初めて主演した映畫は『嵐の中の處女』といふトオキーでした。嵐の中の處女！　私は何だかこの言葉が大好きでした。でも、それは不吉な豫言となりました。生活の嵐が次から次へと、私を襲ひ始めたのです。

一にも二にも金次第の父は、勝手に契約を結んで、月百五十圓しか出さない松竹を脱退させて、私を、五百圓出すといふ日活へ入社させました。半ば强制的な命令です。私の意志や感情などは問題ではありませんでした。
私は、これが耐《たま》らなく厭でした。そのうへ、撮影所へ行くと、皆なが私をまるで十七の人形のやうに、機械扱ひにして、少しも人間らしい交際《つきあひ》をしてくれないのです。金に買はれて松竹に不義理をして來た奴！　露骨に年上の女優などに厭味を言はれるのは、まだしも、不道徳を自慢にしてゐるやうな監督に惡ふざけなどされると、吐き出したいやうな氣になるのでした。私は、撮影所の門を入ると、いつも憂鬱になるのでした。

ここまで読んだ限りにおいては、ところどころに独特な表現があり――たとえば、「十七の人形のやうに、機械扱ひにして」といったあたりを読むと、仮に誰かが聞き書きをしているのだとしても、基本的に彼女自身の思いがそのまま語られているように思われた。どのくらい真実を伝えているだろうか、と身構えて読み始めたが、気をとりなおして例の事件のくだりについて書かれたところを読んでみると、先に引用した「週刊朝日」の記事――手記に先立つこと一年半前に書かれた記事である――が、かなり本当のところを書いていたらしいことがわかる。

私は、もう生きてゆくことに耐へられなくなりました。或る日、撮影の暇を見て、東京を逃げ出すやうに茅ヶ崎へ行つて來ましたが、歸京して二日目、捨鉢な氣持から、どうにでもなれと、白い恐ろしい粉末を口にしたのでした。私は、惡夢のやうにもや〱した不氣味な昏迷の中で、汚れのない身で死んでゆく自分を不思議に美しく意識してゐました。

そんなことがあつてから、私は中村正常先生の奥様に連れられて、菊池寛先生に身の振り方を御相談に上りました。

『君がもし、本氣になつて過去を清算するのなら、僕が口をきいて日活へ話をし、もと通りに歸れるやうにしてあげよう。場合によつては、「戀愛と結婚の書」の主役に君を選ぶといふ條件つきで交渉してあげてもいゝ。』

とまで、先生は言つてくださいました。が、いろ〱な事情のため、私は、吉本興行からの話があつて、姉と一緒に淺草の花月劇場で働くことになりました。

＊　＊　＊

その頃、初めて私は、姉の友人のフィリッピン人のタンフッコと知合になりました。本名は、エディ・バレンチン・タンフッコと言つて、慈恵醫大の學生でした。エディは、私を映畫女優の水久保澄子と知らないで自分に近づいた、最初の男でした。

（中略）

私たちは、上目黒の祐天寺の驛のすぐ傍に、新婚の家庭を持ちました。家賃は三十圓でしたが、玄關を入つて右に四疊半、奥には八疊と六疊、そして、湯殿までついてゐるといつた小ぢんまりした家でした。

（中略）

月に八十圓か百圓は、エディの父親から送金されて來ましたが、彼は非常な浪費家なので、家計は樂ではありませんでした。（中略）競馬やダンスや盛り場で金を使ふことを、何とも思つてはゐませんでした。（中略）そのときはもう赤ちゃんが宿つてゐました。

今年の三月、エディは、父親からの送金が途絶えたので、フィリッピンへ帰ることになりました。私たちは、上原謙、小櫻葉子、逢初夢子、遊佐正憲、私の叔父夫婦、中村先生夫妻に見送られて、カナダ太平洋汽船のルシア號で横濱を發ちました。そのとき、叔母は、母から頼まれたと言つて、

『お産のことが全部出てゐる本だよ。』

と、私に『主婦之友』の附録『姙娠と安產と育兒法』を渡してくれました。

このくだりで愕然となった。これはどう読んでも「主婦之友」の宣伝である。「仮に誰かが聞き書きをしているのだとしても」と先に書いたが、これで、この手記が編集部による聞き書きではないかという印象がより強くなった。

このあと手記にはフィリピンにわたって出産に至るまでの経緯が書かれているのだが、その部分を読むにつけ、なおさら、その感が増していく。

私たちはハゴノイに二月《ふたつき》ゐましたが、エディは、家族からすつかり馬鹿者扱ひにさ

れてゐました。それは、父親の月給全部を送金させて日本の醫學校を出たのに、フィリッピンの醫者の資格をとるための國家試驗に落第したからです。

＊　＊　＊

それから、二月ほど、私たちはエディの叔母さんの家で生活してゐましたが、彼は仕事をするでもなく、寄食生活に甘んじてゐました。

そのうちに、私の產期も迫つて來ました。（中略）長い旅、氣候の變化、慣れない食物、生活の疲れ――何もかもが、姙娠中の身體に祟つて、私は、文字通り、死にさうになつてゐました。病院では、二週間入院してゐるよ、との診斷でしたが、一週間目に、私は無理矢理に退院させられてしまひました。

『醫者の僕が附いてゐるんだから大丈夫だ。』

と、人前の好いことは言ひながらも、エディは一向に私を診てくれないばかりか、產後に必要なものさへ買つてはくれない薄情さ。あゝ！　そのとき、私はふと、橫濱を發つとき叔母が持たしてくれた、『主婦之友』の附錄、『姙娠と安產と育兒法』のあることを思ひ出しました。

私は、この本を早速取り出して、讀み始めました。（中略）頼りになるのはこの本だけだ、と思ふと、この古ぼけた本がまるで自分の身内でもあるかのやうな、親しみをもつて感じられるのでした。あゝ！　日本へ歸りたい。産後の床の中で、私はこの本を抱きしめては、遠い故國を想ひ、自分の不幸な運命を思つては、異郷の空で死ぬのは厭だ、もう一度日本へ歸りたいと、それのみを念じるのでした。

そして、彼女は息子と二人で日本に帰国するのだが、その際に、日本領事館の副領事に忠告されたことを最後に記している。

『私は、日本の外務省の役人として言ふのではありませんよ、あなたのためを思ふから言ふんです。あんな男とは別れなさい、そして、故國へ歸つて、もう一度世の中に出るやうにしなさい。まだあなたは二十二、考へ方次第でどうにでもなる身體です。』

読み終えて複雑な思いになった。結局のところ、この「手記」が雑誌に掲載されている以上、ここには本人だけではなく周囲の人々によるいくつもの思惑が働いているように思われる。雑誌の宣伝が為されていることは明白であり、おそらくは、映画界への復帰を目論んだ彼女自身のプロモーションでもあったのだろう。

が、復帰は叶わなかった。はたして、戻れなかったのか、戻らなかったのか、そこもわからない。

この手記を読んでから一週間ほど経ったころ、知人からメールが届いて、「水久保澄子さんの声が聞ける映画を見つけました」とあった。某動画投稿サイトに彼女が出演したトーキー映画「玄関番とお嬢さん」(昭和九年)の一部がアップされているという。

さっそく観てみたところ、三分半ほどの短いものだったが、「声が聞ける」どころか、ほとんど喋りどおしだった。こんな声なのか、という感激もあったが、そのセリフの数々がいちいち胸に響く。

「馬鹿、馬鹿、馬鹿！」

「何の用なの？」

「余計なお世話よ！」

まるで彼女の隠されていた内なる声のようで、それまでの胸のつかえがとれたように、ひどく爽快な気分になった。

チョコレート・ガール探偵譚

II

最初に言葉があった。

「チョコレート・ガール」という言葉である。

この言葉を体現して演じてみせたのは水久保澄子という女優だったが、考案したのは、もちろん彼女ではない。

手もとに集められた資料によると、成瀬巳喜男監督が思いついたものでもなく、脚本を担当した永見隆二が書いた原作のタイトルが「チョコレート・ガール」だった。そういうことになっている――と、いわくありげに書かざるを得ないのは、はたして、この原作なるものが本当に存在したのか否か判然としないからである。

もっとも、存在の有無については、この原作に限ったことではなく、すでに眉に唾する場面がいくつかあった。「ある」とされていたものが実際にはなかったり、「ない」と見なされていたものが、突然、姿をあらわしたりする。

原作については、「チョコレート・ガール」を紹介する文章に数多く見受けられるのだが、すでに信頼に足る研究本であると書いた『成瀬巳喜男 日常のきらめき』（スザンネ・シェアマン著）に次のような記述がある。

原作者は、後にシナリオ・ライターとなった永見隆二である。映画界に憧れていた永見が、『チョコレート・ガール』の原稿を蒲田の撮影所長に送ったところ、『国民新聞』の懸賞小説に当選作がなかったので、そちらへと廻されたのであった。結局、映画化に際して、永見は脚色も担当することになった。

この、「懸賞小説に当選作がなかったので、そちらへと廻された」という一文が引っかかる。疑念はひとたび抱いてしまったらきりがないが、はたして「当選作がなかった」というのは本当なのだろうか。まずもって、そこが気になる。というのも、この一本の映画はさまざまなものを売り出すためにつくられたのではないかと考えられるからだ。

水久保澄子という新人女優をスターにするため、成瀬巳喜男という有能な監督を小津安二郎と肩を並べる花形にするため、明治製菓のチョコレートの販売業績を伸ばすため、そして、永見隆二という未知の脚本家を華々しく世に送り出すため。

私が最も知りたいのは、蒲田の撮影所に送られてきた「原稿」がどのような形式のものであったかである。懸賞小説に廻されたというのだから、純粋な小説であったのか、あるいは永見が「映画界に憧れていた」というのは、おそらく脚本家になりたかったという意味であろうから、小説ではなく最初から脚本として書かれていたということも考えられる。もしくは、そのどちらでもなく、小説としても脚本としても未然な状態にあるプロットを箇条書きにしただけのものであったかもしれない。知りたいのは、いずれの形式であったかという興味であり、なによりその原稿に「チョコレート・ガール」という表題が付されていたかどうかである。そこに「チョコレート・ガール」と記されていたのであれば、この言葉を創り出したのは永見隆二で間違いない。

が、それが明治製菓のタイアップ映画としてつくられている以上、永見が考案したかどうかは五分五分と見なければならない。

永見が書いた原稿の表題に「チョコレート・ガール」とあり、内容的にも主人公がキャンデーストアの看板娘であったので、映画会社は明治製菓とのタイアップを企画したのか。それとも、タイアップありきで製作が進み、折よく送られてきた永見の原稿が抜擢されて、もとはチョコレートとは無縁であったものを、タイトルと主人公の勤め先を書き換えたということもあり得る。

＊

永見隆二君は、昭和九年當時廿一歳で「チヨコレートガール」のシナリオが懸賞當選し、成瀬巳喜男監督の手で映畫化されたのが、シナリオ・ライターとしての出發。
いらい――廿三年の三月廿二日、「ヴィナスの誕生」執筆中に喀血して倒れ、廿三年の十一月入院の直前までに、五二本（未完四）のシナリオを書き、うち四三本が映畫化され、九本以上が未發表として殘された譯である。

これは永見隆二が逝去した年——昭和二十六年に刊行された雑誌「シナリオ」四号に掲載された脚本家・山下與志一氏による「永見さんの記録」という文章の冒頭部分である。同号には永見氏と親しかった八名の脚本家や作家が追悼文を寄せている。山下氏のこの文章は冒頭に載っており、煙草をくわえた永見隆二のポートレートが配されている。

ここで山下氏の書いている「記録」というのは、永見氏が入院をしてから葬儀に至るまでの詳細な記録で、「シナリオ作家永見隆二君は、卅八歳の若さで、十七年間の波爛《（ママ）》多かつた作家生活の幕を閉ぢた……」とある。

葬儀は友人葬として盛大に行われ、「會葬者百三名、故人を偲ぶ小宴も催され」たという。多くの友人に恵まれ、その一人である館岡謙之助氏の追悼文には故人の酒にまつわるエピソードが記されている。

永見君は酔えば超人的奇行百出の士なので逸話も限られた紙數の中では書きつく

せるものではない。酔えばカフエーで裸踊りもやるし、銀座の並木に登つて下を通る通行人をアツといわせたり、ゴミ箱にもぐり込んで道行く人を驚かせたり、まことに天心ランマンたるものであつた。(中略)焼酎十一杯を平げるときいて、これは危い、實に危いと思つたことを想い出す。遂いに好きな酒が命とりとなつてしまつたわけである。

同様の事情を脚本家の猪俣勝人氏も書いている。

彼の酒に對する態度は眞劍だつた。仲間のだれかが盃に酒を殘して置かうものなら、勿體ない、勿體ないと、ほとんど叱りつけんばかりに云つて其奴を飲みほして廻つた。あげくの果てには、店にいるよその客の殘して行つた盃まで、勿體ない、勿體ないと云つてグイ〳〵喉に流しこんだ。

チヤツカリ居士と自他ともに認められていた笠原までが、さすがにそれには眉をひそめて、永見よせ! と彼獨特の甲高い大聲で呶鳴つけた。しかし、もうその頃になると、永見の意識はもうろうとしているらしく、眼もギョロンと淀んでしまひ、てんで應えがなかつた。つぎの時に會うと、あん時はどこかでオーバーをなくしてしまつたとか、時には靴を片方なくしちやつたなどと云つて、白ズックの運動靴でベタ〳〵銀座の舗道に現れることなどよくあつた。

（中略）

最後に會つたのは、二三年前、所用あつて初めて新東寶のスタヂオへ行つたとき、ひよつこり現れた彼としばらく話して歸つた時だつた。その時彼は、酒も煙草もやめたと云つていた。あれほど飲み助が、どうゆう風の吹き廻しで禁酒禁煙などとんでもないことを云ひ出したのかと思つていたが、今にして、彼がその頃から胸疾に對して眞劍な鬪病を開始していたのかと思い當り、切ない思いが甦えるのである。

ここに出てくる「チヤツカリ居士と自他ともに認められていた笠原」とは、おそらく笠原良三のことに違いなく、笠原氏は森繁久彌の社長シリーズや、加山雄三の若大将シリーズの脚本を手がけたことで知られている。
その笠原氏が永見隆二に向けた追悼文は「隆二のこと」と題され、その表題からも、とりわけ親しくしていたことがうかがわれる。

「なんだい、二日酔いで朝飯が食えないなんて、良三そんなこつちやいいものは書けんぞ!」
どんな悪る酒、深酒の翌日でも、そう云つて僕を叱り、モリモリと飯を平らげて、その健康な、旺盛な食慾で僕を羨望させた隆二。

(中略)

想えば、小倉の詰襟服を着た中學生時代から、彼の三十八年の短かい生涯を閉じる日まで、隆二と僕との交友は二十年に餘る、なみなみならぬ因縁だつた。

(中略)

はじめ、スタンダールを讀むことを勸めたのは僕だつたが、いつたん取りつくと隆二はすつかりスタンダリアンと化してしまい『赤と黑』、『パルムの僧院』、『戀愛論』とたちまち征服した。十數年前彼は、スタンダールの墓碑銘をもじつて、僕が死んだら、こうゆうのを建ててくれよ、と冗談に云つたことがある。

「シナリオの人、永見隆二ここに眠る。彼は飲んだ。愛した。そして、書いた。」と。

(中略)

彼はまつたく愛情の人だつた。男同志のつき合いでも、彼には敵とゆうものがなかつた。彼を知るすべての人が彼を愛した事實は、とりもなおさず隆二のやさしい愛の魂の反映にほかならない。

隆二の名作「チヨコレート・ガール」などのサイレント・シナリオにはじまつて、「風の又三郎」、「鐵の愛情」、「歴史」を經、「大學の門」に終る映畫化作品の數は、おそらく數十本に達するだろう。習作時代の作品や、映畫化されなかつたもの、それに輕演劇ラジオドラマ、小説、コント、落語、漫歳等の作品を數えれば、ばう大な量になる筈だ。しかし、結果から見た量だけでなく、僕の常に畏敬したところは、彼が書くとゆう作業に對して示した異常な情熱だつた。情熱と云うより、快樂であつたかもしれない。書くことに僕などが持つ怯懦や、遲疑逡巡は微塵も隆二にはあり得なかつた。とにかく、彼はよく書いた。

私はこの追悼文のコピーを国会図書館の三階の喫茶室で読んだ。コーヒー一杯で思いのほか長い時間を過ごしてしまったのは、夢中になって読みふけっていたからである。そもそも私は図書館で本をめくっていると、正しい時間の流れの中にいられなくなる。本の中の時間と本から喚起された記憶の時間が混沌《こんとん》となり、そのうえ、現実の時間の流れもあるのだから、いま自分がどこにいるのかわからなくなってくる。

いや、「本をめくっている」と書いたが実際はそうではなく、国会図書館における閲覧は、いつからか空港のロビーのようなところでパソコンの画面を凝視《ぎょうし》しつづけるスタイルとなった。いちいち面倒な手続きを踏まなくても、目の前の画面ひとつでアクセスできる。飛躍的に進歩したと云わねばならないのだろうが、その空間がもつテイストは一九七〇年代のマイナーSF映画の中に紛れ込んでしまった感がある。カウンターの上の電光掲示板の上に刻まれた「真理がわれらを自由にする」という銘文を目にするたび、映画の中どころか、なぜか繰り返し見てしまう奇妙な夢の中にいる気分になる。

それゆえ、あまり長居はできず、最初は閲覧の愉しみに顔がほころびさえするが、そのうち、そのSF的空間から逃げ出したくなり、その際の避難場所として三階の喫茶室がちょうどいい。広くも狭くもないL字形の空間の端に身を置き、そこがきわめて現実的な食堂のおもむきを保っていることに安堵してコーヒーを一杯いただく。

閲覧は検索窓に「永見隆二」の四文字を打ち込んで、その結果にひととおり目を通した。が、残念ながら、笠原氏の追悼文にある「軽演劇ラジオドラマ、小説、コント、落語、漫蔵等の作品」はおろか、シナリオすらもろくに見つからなかった。意外ではなかった。きっとそうだろうと思っていたし、こちらの目的は「チョコレート・ガール」に絞られているのだから、ラジオドラマやコントのテキストが見つかったとしても、さほど大きな意味は持たない。

それが、この八人の追悼文を読み進めるうち、じわじわと染みわたるようにこちらに変化をもたらした。永見隆二という人物がどのような人物であったか、読めば読むほど知りたくなってくる。そして読むほどに、「チョコレート・ガール」という言葉は、やはりこの人が考案したものではなかったかと疑念を撤回したくなった。

永見氏の後輩である棚田吾郎の書いた追悼文にこうある——。

永見さんを訪問したのは、終戦の年の十二月であつたと思う。ヒトミシリ癖のある私は初めて接する其の道の先輩が、どんな人であろうかと考えると、門の前迄行き乍ら、なか〳〵思い切つて中へ這入る事が出來なかつたが、勇を鼓して案内を請うた。永見さんは、赤い絨氈を敷いた書齊で、炬燵に這入つたまゝ机に向つて居た。見迎えて呉れた眼を見たゞけで、私はホッとした。いゝ人だと思つた。お會い出來てよかつたと思つた。永見さん程、新人に溫かだつた人を、私は知らない。新人を發掘せよ、新人を育成せよ——と云うのは、映畫界での通り言葉だが、口で云う程なまやさしい事ではない。まして、個人でそれをやろうとすれば、その人にとつて、物凄いエネルギーの消耗となるのである。（中略）私の書いたものが寫眞になると、必ず永見さんからの批評の葉書が舞い込み、「花咲く家族」の封切られた時は、君のために八田尚之氏と銀座で乾盃した、と云う葉書で、私は感激して、お禮を云いに行つた事を覺えて居る。

後輩思いの人のよさが伝わってくるエピソードだが、それよりも私は、「赤い絨氈を敷いた書齊で、炬燵に這入つたまゝ机に向つて居た。」という一行になぜか心動かされた。その姿がありありと浮かんできたからである。

それが興味深いエピソードであるかどうかではなく、そこに確かに永見隆二が生きていたことが伝わってくる描写に魅かれつつあった。

たとえば、追悼文の七人目は筈見恒夫氏で、永見氏の意外な面について触れている。

永見君の人柄について、いろいろ想像していた。處女作「チョコレート・ガール」で受けた素直で初々しい印象。恥かしがりやで、うぶな感じだ。だが、この青年は若い時、テキ屋の居候をして、その方の修業もひと通りやつて來たと云う。脚本の悶着から今はなきプロデュウサー武山政信君の家へ暴れ込んで、撮影所を驚かした。

（中略）

柔和な外觀に似ず、筋金が一本入つている。おとなしい調子につけ込んで甜めてかゝると、とんでもなく堅いシンに反撥される。武山邸での武勇傳も要は彼の正義觀のあらわれであり、テキ屋修業の中でも、彼は義理と押しとを學んだのであらう。要するに、永見君は、妥協はするが、スジの通らぬことに憤りを覺えたのである。

さらに、八つ目の追悼文――最後の追悼文を書いているのは岡田豊氏で、ここに活き活きと描かれている永見隆二の姿に、ともすれば、未だ見ぬ「チョコレート・ガール」よりもひきつけられた。

永見兄を初めて知り合つたのは、お互いにまだ映畫界へ入る前、確か眞杉靜枝さんの紹介であつた。武者小路さんと眞杉さんが神田に日向堂と云う畫房兼茶房を開いて居られた頃、我々はそこの定連で（まだ互いに名は知らず）毎晩遲くまで映畫談義に花を咲かせて床を南京豆の皮だらけにしていた。その後眞杉さんが中心でシナリオの研究會を持とうと云うことになり、新宿の中村屋でメンバーが顔合せをした。（中略）その研究會は、二三回のシナリオ本讀み會の後つぶれたが、同好の仲間が更に加わつて、シャポオの會なるグループが誕生した。新宿邊りの喫茶店を巣に、毎月例會を開いてシナリオを持ち寄つたり、映畫を觀たり、お茶を喫んだり、ルデイ・バレーを聽いたり、喫茶店の娘をはり合つたりしていた。その頃、永見君は早くもその片鱗を顯わして、サンデー毎日に「紅い唇紅い頬」が當選日活で倉田文人脚色監督で映畫化され、つまり映畫界へ半歩のスタートを切つてゐた。同時にアルコールの方にも既に片鱗を顯わしていたと思う。續いて「腕自慢の弟」と云うシナリオが松竹蒲田の成瀬さんの注目するところとなり、更に「チヨコレート・ガール」を發表した。

（中略）

彼のユニークな持ち味はその都會的なリリシズム、庶民的なリリシズムであり、その間に連發するウイツトとギヤグである。

（中略）

街の中の、横丁の、心溫まるリリシズムが大好きだつた。（中略）彼は大人の爲に美しい繪本を描いて、描いて、描き乍ら一生を終つた。友だちの誰からも、みんなから愛され、惜しまれて――。彼は映畫を愛し、酒を愛し、花を愛し、街の花賣娘を愛し、路傍の捨て猫を愛し、そして人生を愛し――今頃は、天國の美酒を傾けて天國のラプソディを奏で乍ら、今なほ映畫を愛し、我々のシナリオを見守つていることだらう。

チョコレート・ガール探偵譚

12

「チョコレート・ガール」というひとつの言葉によってひき起こされたこれまでの経緯が、「探偵譚」と呼びうるものであるかどうかは大いに疑わしい。

ただ、それなりにこの言葉への執着はあり、そうした思いをページをめくるように確かめていくと、自分はどうやら、失われたままの映画もさることながら、『チョコレート・ガール』と題された一篇の小説を読んでみたいのだった。

さらに云うと、もし、それが小説として存在していないのであれば、自らの手で新たに書き起こしてみるのはどうだろうかと、いつからかそう思っている。

いや、仮に小説のかたちでこの作品の原作がかつて存在していたのだとしても、それを自分が読むのは、およそ不可能に近いのではないかと思われる。それは、かつてあったかもしれない。あるいは、いまもどこかにあるのかもしれない。が、それをどこから探し出してきて読めるとは思えない。

少なくとも、テキストの全篇が印刷物として残っている可能性はきわめて低く、残念ながら、国会図書館の検索にも引っかからなかった。残っているとしたら、それは永見隆二本人の手書きによるオリジナルの草稿か、その草稿から起こされた映画関係者用の孔版による数十部のコピーということになるだろう。

もうひとつ注目すべきは、「原作」と呼ばれているものが、「國民新聞」の懸賞小説で一等に選ばれたという事実である。仮にこの当選が映画の公開を見据えた仕組まれたものであったとしても——というより、そうであればなおのこと——「國民新聞」の紙面において、なんらかの発表があったのではないだろうか。場合によっては、発表にともなって「原作」のテキストが掲載されたかもしれない。

もし、その時点で映画化が約束されていたのだとすれば、テキストの掲載は予告の役割を果たしたであろうし、それが小説、脚本いずれの形式で書かれていたとしても、さほど長くもない——つまり、新聞の紙面に掲載できる——存外に短いテキストであったということもあり得る。

映画が公開されたのが昭和七年の八月で、そこから逆算して考えていくと、前年の終わりごろから、この年の前半あたりに当選が発表されたのではないか。

国会図書館で調べたところ、「國民新聞」は明治二十三年の創刊から昭和十七年の廃刊まで、おそらくすべての号のすべてのページが保管されているようだった。ただし、保管はマイクロフィルムによるもので、デジタルデータのように内容に踏み込んだ検索ができない。ということは、掲載されている可能性の高い期間の紙面を、マイクロフィルムを操りながら全ページ、チェックする必要がある。

*

しかし、おそらくこの探偵行は終盤にさしかかっているのだろうし、どこで何を探していくかの選択肢はすでにかなり絞られている。そこから先は本格的な研究の領域となり、「探偵譚」を掲げてなかば遊びながら歩きまわるのは、そういたずらにつづけるものではない。

では、いざマイクロフィルムに挑もうかと思い決めたところで、ふと、インターネットの検索に立ちかえりたくなった。

というのは、これまで検索サイトのテキストボックスに「水久保澄子」と「チョコレート・ガール」の組み合わせで打ち込んだことはあったが、「永見隆二」と「チョコレート・ガール」の組み合わせで打ち込んだことがなかったからである。ただし、「永見隆二」のみを打ち込んだ検索結果は幾度となく確認しており、そこに、「チョコレート・ガール」を加えたことで、目新しい情報が得られるとも思えなかった。

深夜の二時である。

やや事務的に「永見隆二 チョコレート・ガール」と打ち込み、画面に並んだ検索結果を追っていくと、いずれも別の検索ワードからたどり着いた結果と同じようだった。すでに目を通したことのあるページはインデックスの色が変わって閲覧済みであることを示し、画面に並ぶそのほとんどが一瞥で「済み」だった。

私は深夜の仕事部屋でひとりパソコンの画面を眺め、机上に置いてあった飲みのこしの冷めかけたコーヒーをすすって「まずい」とつぶやいた。つぶやきながら、ふと、画面の中心に近いところに表示された一枚のサムネイルに気づき、（雑誌の表紙だろうか）と画面に目を近づけて凝視した。

「料理の友」と赤い文字で右から左へ横書きされたタイトルが目をひいた。が、最初は何の感慨もなくぼんやりと眺めていたのだった。

なにしろ、「チョコレート」という、じつにさまざまなものにアクセスしてしまう検索ワードを含んでいるので、こちらの意図に関係なく、こうして大昔の料理雑誌にもつながってしまうのだ。たぶん、その料理雑誌には「チョコレート」に関する記事と「モダンガールのための料理講座」といった特集が掲載されていて、それらの記事を書いた筆者の中に「永見」氏と「隆二」氏がいるのだろう。検索結果の数が膨大でない限り、この四つのワードをすべて含んでいれば、それだけで検索結果の一ページ目に置かれるということはままある。

だが、「待てよ」と声が出た。その、タイトルが右から左へ流れている雑誌の風情が妙に気になったのである。

そのサムネイルは検索ワードから引かれた画像検索の抜粋のひとつだったが、クリックしてみると写真が拡大され、同時に「料理の友　味の素食の文化センター」というインデックスがあらわれた。インデックスの下には「第二十巻 第十号」とあり、さらに「表示」ボタンをクリックしてリンク先に飛んでみると、行き着いたのは〈味の素 食の文化センター〉の〈図書館〉の中にある一ページだった。表紙写真の下に「料理の友 第二十巻 第十号」とあって、さらにその下に「1932年（昭和7年）」とある。

私はコーヒーカップを机の上に置き、パソコンを操作して画面を拡大してみた。

いよいよ大きくなった表紙写真をよくよく見てみると、着物姿の妙齢の女性が草むらでひときれのサンドイッチを食べようとしているイラストレーションがあしらわれている。画面の奥には予想どおり「モダンガール」と呼ばれてしかるべき洋装の女性が佇んでいて、画面の左側に「十月號」と大きく表記されていた。

昭和七年の十月は、「チョコレート・ガール」が公開されたおよそ一ヶ月後である。

画面をスクロールしていくと、この号の目次と思しきものがあらわれ、「秋の会席料理献立」「お台所の電化時代来る」「不意の来客に即席一品料理」「家族づれのピクニック弁当」といった見出しが数十行にわたってつづいていた。なかなか興味深いものが多く、「名月を肴に酌む酒肴料理」「電熱器とアイロンの知識」「痩せる方法に就て」「ライスカレとハヤシライスの話」「香り高いコーヒーの出し方」「デパート食糧品部便り」など、すぐにでも読みたくなるような見出しが続々とあらわれた。

数えてみると六十九行もあり、その六十九番目、すなわち最後の行に、

（映画小説）チョコレートガール　永見隆二

とあった。

「え？」と目を疑う。

「チョコレートガール」と「永見隆二」がセットになっているだけでも充分に魅力的だったが、驚くべきことに、「（映画小説）」と冠している。

私はその一行を何度も見なおした。のみならず、声に出して繰り返し読み上げてみた。そうしないと、消えてなくなってしまうような気がしたのだ。

いや、それにしてもである。

こんなところで——インターネット上の検索で、こんなに簡単にヒットするとは。ただ一行きりの情報ではあったが、「小説」という言葉があえて使われている以上、これぞ「チョコレート・ガール」の原作小説そのものか、それに準ずるものではないか。

ただ、なぜ料理雑誌に、と疑念もよぎらないではない。救いなのは、この一行のひとつ前に「(新連載小説) 輝やく港 (中島松二画) 井東憲」とあり、さらにもうひとつ前には「(歴史小説) 因幡の嵐 (丸尾至陽画) 牧野孝作」とあった。それら以外の内容はあらかた料理に関わる記事のようだったが、この時代の雑誌には連載や読み切りの小説がつきもので、「チョコレートガール」は「連載」とことわっていないのだから、おそらく読み切りなのだろう。となると、この号に全文が掲載されていることになる。

逸《はや》る気持ちを落ち着かせながら画面の情報を精査していくと、この〈図書館〉はインターネット上のバーチャルなものではなく、実際に〈味の素食の文化センター〉なる施設があって、〈図書館〉はその建物の中にあるようだった。

ホームページ上にある検索システムで収蔵されている資料や書籍等のタイトルやイン

デックスが検索できるようになっており、「料理の友」については、表題のみならず目次までもが公開され――これは大変に稀有なことである――この目次が検索に引っかかったようだった。

ちなみに、「料理の友」は料理の友社から刊行された雑誌で、〈図書館〉の解説には次のように記してあった。

中流家庭の女性を対象として1913（大正2）年に創刊された月刊誌で、昭和19年頃の休刊を経て、戦後も刊行されました。日本・西洋・中国（支那）料理をまじえ、総菜から来客料理まで各種料理を紹介しており、全体としては華やかで夢のある料理が紹介される一方で、経済的で栄養的な食事献立の提案もおこなっており、家庭の日常食への要求に応える実用雑誌としての役割も果たしているといえます。

〈図書館〉の「ご利用ガイド」を確認すると、「開館時間内ならどなたでも自由にご利用いただけます」とある。「開館日：月曜日～土曜日　開館時間：午前10時～午後5時閉館日：日曜日、祝祭日、年末年始、図書整理期間、臨時休館日」といった事務的な表記を何度も繰り返し読み、すぐにでも駆けつけたかったが、いかんせん、深夜の二時だった。

人生にはこういう瞬間がおとずれる。

それが見つかるかどうかまったくわからないのに、ふとした思いつきから探し始め、どうも見つかる気配がないな、とあきらめかけたところへ意外なところから有力な情報がもたらされる。それも、自分の机の上のパソコンの画面から平然とあらわれる。

しかし、時は真夜中で、目次より先のテキストそのものにアクセスするためには、実際に〈図書館〉を訪ねて、しかるべき手続きののちに閲覧ということになる。ついに見つけたのだが、一夜を明かさないことには〈図書館〉が開かないのだ。

住所を確認する――。

東京都港区高輪。

都営地下鉄浅草線の高輪台が最寄駅で、徒歩四分とあった。

＊

その四分のあいだ、なんだか足がもつれて、まともに歩けなかった。

人生にはこうした瞬間がある。

探しもとめていたものに、いよいよ近づきつつあると自覚したとき、人によっては呼吸が荒くなって息苦しくなる者もあるだろう。私の場合は足がもつれて、ただただ、もどかしさだけが募ってきた。そのせいか、うかつにも〈図書館〉を擁した建物の玄関を通り過ぎてしまい、建物の裏側にあった関係者用出入り口の前で立ち往生するという、じつに愚かしい遠まわりをすることになった。

そもそも高輪という場所に縁がなく、しかし、（いや、そういえば）と母方の大伯父が高輪のどこかで小さな菓子工場を営んでいたことを思い出した。

ときどき、その大伯父から特大の缶入り菓子が届き、蓋をあけると、中には甘い香りを放つ玉子パンがびっしり詰められていた。玉子パンはいまでも袋菓子として売られているものをスーパーの棚に見かけるが、見かけるたび、そこから大伯父の顔を——入れ歯を拒絶して、歯のない後半生を選んだ恵比須顔を思い出し、と同時に、高輪というほとんど足を踏み入れたことのない未知の土地が甘い香りとともに浮かびあがった。

しかし、いきなり自らの失敗に舌打ちをし、裏口から塀づたいに回り込んで表玄関に戻ってくると、しんとした空気に甘い記憶は霧散して一気に緊張が高まってきた。

受付で入館証を受け取り、案内を請うまでもなく、〈図書館〉は一階のすぐそこにあった。ゲートの手前に小ぢんまりとしたロッカールームがあり、手荷物を預けて、今度は〈図書館〉の受付で手続きをする。閲覧を希望する資料の名――無論のこと、「料理の友　昭和七年十月号」である――を用紙に書き込むと、受付に座っていた司書らしき女性が、「貴重な資料なのでコピー機を使った複写は禁じられています」と静かな声で云った。

「その代わり、カメラを使って撮影することは問題ありません」

どうやら、自分の他に利用者はいないようだった。周囲は本の詰まった書架が並ぶばかりで人の気配はなく、なんだか、そこへたどり着くまでの地下鉄や駅や駅からの通りの雑踏は、本当にこの〈図書館〉と地続きであったのかと疑わしくなってくる。

「突き当たりの部屋をお使いください」

静かな声にうながされ、手渡された「料理の友」を手にして書架が並ぶ中を突き当たりまでまっすぐ歩いた。突き当たった左手にあかりのついた小部屋が用意されていて、中には鍵のかかるガラス戸付きの書架と閲覧用のテーブルと椅子が置かれている。

こうした場面で、手渡された目的のブツからなんとなく目を逸らしてしまうのは、子供のころからのおかしな癖である。差し出された雑誌を「ありがとうございます」と受付で受け取ったとき、数時間前にパソコンの画面上にしかなかったものが自分の手の中にあるということが快い驚きだった。にもかかわらず、その驚きや喜びを直視できないのはどうしてなのだろう。

とはいえ、場面はあきらかに直視することを強いられていて、テーブルの上にブツを置くと、いまいちど、表紙に描かれた「サンドイッチを手にした女性」のイラストを眺めた。それから、やや手を震わせながら表紙をめくって巻頭の目次ページを確かめると、そこには深夜にスクロールした六十九行の見出しが並び、

（ある――）

たしかに（映画小説）という角書きのあとに、「チョコレートガール　永見隆二」とあった。

ページのノンブルは「71」である。

あまりもったいぶってもよくないような気がしてきて、そこから先はすみやかにページを繰って、いささか乱暴な勢いで71ページをひらいた。

71ページは奇数ページであり、「料理の友」は通常の右びらきであったから、奇数ページは当然、左側となる。が、勢いよくひらいたその左のページより、その対向となる70ページに立てられた大きな見出し──「西洋一品料理」の六文字に目を奪われた。小粋な料理のイラストが添えられていて、「ビーフソーテー　ベヂタブルサラダ」「フライドフィッシュ」、そして「ビーフ、ボール」の作り方が簡潔に記されている。

そうしたものを確認してから、ようやく71ページに目をやったのだが、そこにはB5サイズの誌面の三分の二くらいのスペースを割いて、「誌上封切　チョコレート　ガール（1）」という小見出しのもと、これまで見たことのないスチール写真が一枚と、写真の下にごく短い──数えてみると、わずか二百六十文字ほどの説明文が付されていた。

目次にあった「小説」の角書きは実際の誌面には見あたらず、印象としては、「西洋一品料理」のレシピを紹介するページに突然割り込むように挿入された小さなコラムにすぎない。

「フリーズ」という言葉はこういうときのために用意されているのだろう。私は事態を理解するまで十五秒ほどフリーズし、しかるのち、目の前のページが波打つほどの大きなため息をついた。

人生にはこういう一瞬がある。

そのむかし、鰻の名産地といわれている、とある県のとある市街地で立ち寄った鰻屋で、鰻重の蓋をあけた途端、ご飯に対して鰻の占める面積のあまりの小ささにおどろいて、思わず蓋をしめてしまったことがあった。

「風に飛ばされてしまいそうだったから」と、あとになって笑い話として何度か語ってきたが、あの蓋を戻した一瞬によぎった、これ以上ない残念な気持ちは、そう簡単に言葉に置きかえられない。

その思いがよみがえった。

（まさか、これだけ？）

虚を突かれて呆然としていると、見出しの最後に付け足された（1）が目にとまり、（1）がある以上、（2）があるに違いないとあわててページをめくった。

はたして次のページに同じ体裁で（2）が配され、さらに次のページに（3）とつづいて、これが（6）まで同じ調子でつづいていた。云ってみれば、スチール写真を利用した「チョコレート・ガール」の紙芝居で、ひとつひとつに付けられたテキストを繋ぎ合わせれば、千六百文字——原稿用紙にして四枚ほどの概要となっていた。

が、云うまでもなく、それを「小説」と呼ぶには、あまりに無理がある。

チョコレート・ガール探偵譚

13

小さな図書館の小ぢんまりとした閲覧室でしばらく考えた。

間違いなく残念なことが起き、期待していたものとは違うものがあらわれたのでフリーズしてしまったのだが、（いや、待て）と別の考えが頭をもたげていた。

（自分は「小説」の二文字にこだわり過ぎているのではないか）

自分が小説を書いてきたので、その二文字につい反応してしまったが、もとめているのは観ることができなくなってしまった一本の映画の手がかりである。その手がかりから、それがどのような映画であったかを少しでも再現できればそれでいいのだ。

本来、フィルムが失われて、映画そのものを観ることができなければそれまでである。しかし、「チョコレート・ガール」には原作小説があるという情報が——それも決して確かとは云い難い情報がおまけで付いていたのに惑わされていた。

よく考えてみれば、仮にどこからか「チョコレート・ガール」と題された小説が見つかり、著者名もまさに永見隆二であったとしても、はたして、その小説と映画の内容がイコールで結ばれるかどうかは、結局のところ、映画を観てみないことにはわからない。もし、小説から映画に仕立てようとしたときに明治製菓のタイアップが決まったのだとしたら、自然な流れでチョコレートを登場させるために原作を改変した可能性もある。であるなら、すでに完成した映画の素材を使って紙芝居仕立てにした目の前の印刷物は、またとないものではないか。

六巻もの——およそ一時間から一時間十五分の長さである——の映画を六枚のスチール写真に集約しているのだから、相当、簡略化されている。が、これまでに入手したいくつかのあらすじや解説の類で補足すれば、およそのアウトラインは把握できるはずだ。

気をとりなおして、六つに分断されたコラムをスマートフォンのカメラで写した。自分以外に誰もいない静まりかえった閲覧室で、擬似的なシャッター音を聞きながら、これこそ映画の一場面のようではないかとおかしな気分になった。

私は探偵というよりスパイであり、時間をさかのぼる特殊なマシーンによって、昭和七年のとある午後に参入している。参入できる時間は限られ、なるべくすみやかに懐《ふところ》に忍ばせていたスパイ・カメラで資料を写して、誰にも気づかれぬよう、もとの未来へ戻る必要がある。

未来において目的のブツが――すなわちフィルムが――存在していない以上、こうするよりほかない。

いや、時間をさかのぼることに成功して映画が封切られた昭和七年に参入できたのなら、なにも二次的資料である印刷物にあたる必要はない。街に出て封切館を探しあて、何食わぬ顔で入場券を購入すれば、いままさに上映中の館内にもぐりこめるはずだ。

*

想像していた以上に洋装が見受けられ、男女とも和装で出歩いている人と半々くらいだった。自転車に乗った男たちが結構なスピードで走りまわり、少年は皆、坊主刈りである。そうした中に上等なスーツを着て帽子を目深にかぶった紳士やハイヒールの音を響かせるロングスカートのお嬢さんが混在している。街は広々と見え、あちらこちらで煙草の煙が漂って、未舗装の裏道を車が走り抜けるたび路上に砂埃が立ちのぼる。

驚嘆すべきは空の青さだった。そこへアドバルーンがいくつも上がっている。

「チョコレート・ガール」を上映中の映画館を探しあてるのはさほど難しくなかった。館の前には色とりどりの幟が立ち、映画を観る者も観ない者も看板を見上げて人だかりができている。人だかりを目指せば、そこにかならず映画館があった。

当然、看板は手描きであり、右から左へ横書きで「チョコレート・ガール」と書かれている。通りに面した窓口で入場券を買い、中へ入ると館内は異様にざわついていた。連れ立って来ている客が多いのか、おしゃべりが絶えない。

そのうち上手《かみて》から弁士があらわれて講釈台の前に立ち、下手《しもて》からは三人の楽士が登場して下手につくられたスペースにヴァイオリン、チェロ、ピアノという布陣で演奏の準備を始める。その時点で館内はそれなりに暗かったが、そのうち何のアナウンスもなしに真っ暗になって、途端に観客はそれまでのお喋りをやめて居住まいを正した。その瞬間を見はからって弁士が語り始め、それからまもなくして正面の銀幕に投映が始まると、あたりまえのように全員が拍手をした。

さて、これより先は六枚のスチール写真に付された説明を順に記していくことにする。これらの説明文は永見隆二氏が書いたことになっているが、そこのところは本当かどうかわからない。弁士の説明および画面にあらわれたであろう字幕の代わりである。

一、眞晝の麗らかな光を浴びて、キアンディ・ストアのウエイトレス美江子は非常に朗らかに店内を駈け廻つてゐた。職工をしてゐる従兄の健作と明晩映畫を見に行く約束になつてゐたからであつた。

二、この時、大學生の水島と岡本が這入つて來た。水島は美江子の手を把つて『あしたの公休日、僕の家に遊びにこない?……妹の誕生日で、お祝のパーティがあるんだよ。』

『明日はもう約束がありますのよ。それに私みたいな者がお嬢さん方と一緒になるなんて柄でもありませんわ。』

『そんな事、遠慮や心配はいらないよ。岡本の妹として皆に紹介してもいいよ。モチ論、女學生としてね。』

この提案は美江子の心を動搖させた。健作さんの方の約束を斷然蹴つて水島さんの方へ行かう……
三、店で愉快な美江子も家へ歸つては憂鬱であつた。美江子の收入を當にしてゐる母の豐子は、小遣ひとりに家では駄菓子屋を開いてゐる。美江子の給料日近くなると必らず親子の間には次の樣な場面が展開される。
『だけどもね、たとへお前が一月でも入れてくれなきや、うちでも實際苦しい事位は解つてゐるだらうね。』
豐子が言ふと美江子は口惜しく
『………あたしだつて働いてばかりゐるんぢやつまらないわ。たまには着物の一枚位ゐこしらへなきや………』
後は二人の泣聲ばかり

四、翌日岡本と一緒に水島の家を訪問した美江子は、家の大きいのに威壓されてしまつた。水島は、居竝ぶ令孃達の代表者、洋子あさ子に美江子を紹介した。
『昨日話した岡本君の妹さん、桃園女學校のバレーボールの選手だよ。』
あさ子は微笑み乍ら
『こんな素的なお妹さんを、どうして早くから紹介して下さらなかつたの。』
かういふ譯で、女學生になり切つた美江子は面目をほどこして家に歸つた。

五、その翌日美江子は店で大變朗らかであつた。その時遇然にも洋子とあさ子が入つて來た。『まあなんて素敵な女學校なんでせう。』
昨日の腹癒せに、二人は思ふ存分惡口した末、コーヒー二杯で五十錢置き、『おつりはいらないわ、美江子さんにチップよ』勝誇つた積りの二人を美江子の友達敏子に遮ぎられた。『當店ではチップは頂きません、何ならチヨコレートを差上げてもいゝんですよ』と云つて三枚のチヨコーレートを持つて來て『一枚美江子さんに差上げます。チヨコレートが大好きなんです。全くのチヨコレートガールです』忽ちにして憂鬱になつた美江子は物想ひに耽る。

六、其後美江子は叔父のすゝめで嫁がねばならなくなつた。

美江子は本當に自分を知つて呉れる唯一人の人、健作の下宿を訪づれた。でも健作は

『美江ちやんはやつぱり嫁がなければいけない、それは俺だつて美江ちやんが大好きなんだ、けれど俺なんか何時になつたらお嫁さんを貰へるか解つたものぢやない』

×

數日の後美江子出發の時、窓から出てゐる。美江子の丸髷の顔を取巻いて、豊子、健作、敏子、英坊、敏子はチヨコレートを美江子に與へて優しく微笑む。

『あんたの大好きなチョコレート汽車の中で食べてね。』

＊

これで映画を観たような思いになったとはとても云えない。ただ、六枚のスチール写真のうち、じつに五枚が初めて目にするものであったのは収穫だった。それらの写真はおそらくスチール用に撮影されたもので、かならずしもフィルムの一コマではないかもしれないが、未だ見ぬ映画のいくつかの場面をこっそり覗き見る愉しさがあった。

一枚目の写真は、美江子と弟の英坊が室内でおどけているのを母親がたしなめている様子である。英坊は小さなラッパを吹き、美江子は鼻の下に付けヒゲをしてヘルメットをかぶり、左手で敬礼をして、右手にはおもちゃの小銃と思しきものを抱えている。

二枚目の写真には、健作と思われる青年が原っぱでユニフォームを着た少年野球チームの子供たちと一緒に写っている。かたわらにはただひとりユニフォームを着ていない英坊が立っている。

以上、二枚の写真は添えられた写真説明の内容とまるで関係ないようだが、三枚目の写真は説明どおりの場面と思われる。

電灯のぶらさがったほの暗い部屋で、ミシン台を前にした美江子の母が苦悶《くもん》の表情でうつむいている美江子に何ごとか訴えている。そのかたわらには、やはり英坊がいて、美江子を見つめている。

『あたしだつて働いてばかりゐるんぢやつまらないわ。』という説明どおりのセリフが美江子の声となって聞こえてくるようだ。

つづいて四枚目の写真は夜の屋外で、どこへ出かけた帰りなのか、疲れきって寝入った英坊を健作が背負い、その横に閉じた日傘を手にした美江子がいて、二人は何か話をしているように見える。

そして、五枚目の写真はこれまでに何度も目にしている一枚で、おそらく四枚目より前の時間――どこかへ出かけた美江子と健作を大写しでとらえているものである。健作は美江子の肩に手を置き、美江子の表情にはどこか思いつめたような印象がある。二人とも笑っていない。

最後の六枚目の写真は説明どおりの場面で、駅のプラットホームで美江子と英坊と母親ともうひとり——おそらくは美江子の叔父と思われる人物を加えた四人が和やかな様子で話し合っている。姉との別れが悲しいのか、英坊だけが暗い表情だが、その手に美江子が微笑みながら板チョコを渡している。

私は誌面の写真を写し終えると、念のため他のページもひととおり確認して本を閉じ、閲覧室をあとにして受付に返却した。やはり司書の他には誰もいない。しんとした静けさが保たれていた。

ところがである。受付を出て荷物を預けていたロッカールームに入った途端、少し離れたところから雨の音が聞こえてきた。ロッカールームから館のエントランスまではたしか三十メートルほどの距離があり、ちょうど三十メートルくらい先の館外の通りを雨が打っている音である。息をひそませて耳を傾けると、それがしだいに強くなって、ほとんど叩きつけるような豪雨の音になった。

ロッカーから荷物を出しながら「困ったな」とつぶやく。

来たときは雨など降っていなかったので傘は持っていない。駅までは歩いて四分ほどかかるから、傘がなければ、ずぶ濡れになってしまいそうな激しい雨の音だ。こんなことなら、もう少し閲覧室にいた方がよかったか、と受付に戻りかけたが、雨やどりのために閲覧時間を引きのばしているのが明らかで、なんだか格好がつかない。

仕方なくロッカールームで待機することにした。閲覧室と同じ窓のひとつもない小部屋で、さしあたってすることもなく、ただ雨の音を聞いてやり過ごすしかなかった。

来たときは雨の気配などまるでなかったのだ。だから、この雨は通り雨に違いなく、だとすれば十分と待たずして雨は去っていくはず——そう自分に云い聞かせたが、雨音はよりひどくなっているようで、なんとなくこのまま降りつづけるのではないかと嫌な予感に苛まれた。

そうして五分ほどロッカールームの中で雨音に耳を澄ましていた。

しかし、五分が限界である。

（ええい、ままよ）というセリフはこういうときのために用意されているのだろう。来るときは気が急《せ》いていたので注意力が散漫になっていたが、あるいは、エントランスを出た通りの向こうにビニール傘が買えるコンビニがあるかもしれない。

期待を抱いてロッカールームからエントランスへ向かう廊下に出ると、驚いたことに、それまで盛大に聞こえていた雨の音が何かに吸い込まれたかのように消えていた。廊下は静寂の中にあって何の音もしない。

「あれ？」

思わず口をついて出た自分の声が廊下に響いた。

たまたまロッカールームのドアを開けた瞬間に雨がやんだのかもしれない。通り雨ならそういうこともある。というか、そうとしか思えなかった。

何であれ、雨がやんだのであれば、これ幸いで、やや早歩きになってエントランスから表に出るなり、

「あれ？」

と、もういちど声が出た。

のみならず、思わず身をすくめていた。

空は来たときと同じ薄曇りで、雨が——それも豪雨が降った気配は微塵もなく、路面

のアスファルトは水たまりのひとつもなく乾いていた。

＊

その日は自著の見本が出来上がってくる日だったので、夕方から護国寺にある出版社へ出向いて、出来たての単行本の見返しに小一時間あまりサインをした。

そのあと近くの食堂で打ち上げがあり、編集者と乾杯をして外へ出たら、いつのまにか降り出した雨が舗道《ほどう》を打っていた。数時間前は雨が降っているものと思って外へ出たら雨の気配すらなく、そのまま雨のことなど忘れていたら、今度は思いがけず雨が降っている。

おかしな一日だった。

いっとき時間をさかのぼって昭和七年に参入したのは妄想ではなく、あちらからこちらへ戻ってくるときに幻の雨の音を聴いたような印象があった。あの幻の雨はおそらくあちらとこちらの狭間《はざま》に降っていて、時間のトンネルをくぐり抜けるときに雨の中を通過したのかもしれない。そうした時間を経たあとで一日の終わりにこちらにも雨が降り出し、雨粒が冷たく頬に当たって、ようやく正しい時間に戻ってきたように感じた。

もし、一本の映画をめぐって歩きまわった妄想と現実の時間にエンドマークが打たれるのだとしたら、この思いがけない雨の中にENDなりFINなりが重ねられるのがちょうどいい。この雨がこの探偵行の終わりの合図で、ここでひとまず終えて、これより先は後日譚として語るのがふさわしい。

＊

実際、後日譚はこの日手にした自著に関わりがあり、刊行を記念して開催した公開読書会の打ち上げの席に「昭和七年」が出現したのだった。

それは昭和七年八月二十四日水曜日の「朝日新聞」をプリントアウトしたもので、朝日新聞出版のSさんが探し出してきてくれたものである。いつだったか、Sさんに会って近況報告をしたとき、このところ、「チョコレート・ガール」という映画について調べている、と話したのを彼が覚えていて、映画が公開された昭和七年を中心に紙面を検索して見つけたという。

手渡されたものは「近日封切」と謳われた「チョコレート・ガール」の宣伝で、「近代色横溢の映畫」なるコピーの下に「チョコレート・ガール」とやはり右から左へ独特なロゴで刷られていた。写真が配され、それが映画の一場面であるとしたら、これもまた初めて見るものだ。おそらく舞台のひとつであるキャンデーストアに大学生の水島と岡本の二人があらわれたシーンで、二人はこれ見よがしにチョコレートをこちらに見せて、その背後にキャンデーストアのウェイトレスらしき若い女性が三人立ち並んでいる。写真が粗くて正確なところはわからないが、その三人のうち、真ん中に立っているのが水久保澄子が演じている主人公の美江子と思われた。

ただ不可解なことに、水久保澄子の名前が一番最後に記されていて、「主演」として結城一郎、加賀晃一、突貫小僧、飯田蝶子と並んだあとに追いやられていた。そもそも、飯田蝶子が出演しているというのもこれまで調べたデータにはなく、この段階ではキャストが確定していなかったのでは、と疑念が立ちあがった。

が、「チョコレート・ガール」の封切はこの新聞広告が出た二日後であり、公開直後に発売された「キネマ旬報」昭和七年九月十一日号によると、八月二十六日より「帝國館、新宿麻布・松竹館、新富座」の四館で上映されたとある。

ついでに云うと、明治製菓とのタイアップはどの程度のものであったのかと気になっていたのだが、この広告を見る限り、写真の下に映画のタイトルより二まわりは大きな文字で「明治チョコレート」と謳い上げ、その上に「近代色豊かなる」とコピーが付いていた。

その印象はタイアップどころか明治製菓が製作した映画であるかのように見える。

14

エピローグ

こうして、ここまでずいぶんと紙幅を費やしてきたが、どうやら「チョコレート・ガール」のフィルムも原作小説も発見される可能性が低い。ゆえに、実際の探偵でいえば、調査の終わりにしたためる報告書に等しいものを書いて、「ひとまず終了」と筆を擱《お》くことにする。

なんであれ、探していたものが見つからなかったのだから、探偵の仕事としては成功とは云えない。ただ、私はもとより探偵ではないのだし、本来であれば探偵に寄り添って事件の推移を記録していくワトソンの役どころを演じるべき者である。

とはいえ、衆目を集めるような陰惨で謎めいた事件が起きたわけではなく、きわめて個人的な興味の行く末を追ったまでなのだから、ホームズとワトソンのように大のおとながニ人がかりで取り組む案件でもない。探していたものが見つからなくても誰も困らないし、見つかったとしても、普遍的なカタルシスが得られるとも思えない。

ただ、私がいつでも書きたいのは何かを探す話で、探しているあいだにあれこれと考えたり、探すためにどこかへ出かけて歩きまわることができれば、それでいいのである。

煎じ詰めると、どうすれば机から離れられるかだ。

机の上のパソコンや、その先にひろがっている電網空間から、いかにして逃げ出せるか、それぱかり考えてきた。サボタージュにしてエスケープである。

いまや、机に向かってパソコンを操作すれば、たいていの探しものは見つかってしまう。見つけてしまったらそれまでで、探しているあいだに起こりうる「考え」や「彷徨」といったものがインターネットの検索によって一瞬で消えてしまう。

そもそも文章を書くことの極意のひとつは、いかに知らぬふりを継続できるかである。とりわけ、探偵が謎を解くような話を書くときは、いかに謎の核心となる物や人や事をそれとなく迂回し、結末や答えについては「まったく知らない」という態度を装わなくてはならない。

いや、なにも探偵小説を書かなくても、インターネットがあらわれる以前の世界は日々の営みがそのまま探偵小説的だった。世界はいつでも答えのわからない問題や謎に充ち、「カルボナーラの作り方」から「土星のリングの物理的性質」まで、われわれはたいていのことを知らなかった。知りたければ、それ相応の時間と手間ひまをかけて調べなくてはならず、しかし、その時間こそが探偵小説の中身で、シンプルに云うと、謎とはつまり、答えが見つかるまでの時間のことだった。

あるとき、この世で最も貴重なものは時間であるという結論が出たのだ。とりわけ貴重なのは、各々が確かなものとして実感できる人生の時間——それも、なるべく充実した長いものが最良であるということになった。

人はいつからか世界に対して——とりわけ自分を中心に回っている世界に対して——なにごとも自分の命の長さを尺度にして測るようになった。自らの人生の時間と比較し、はたしてそれが有益なものであるかどうかを推し量るようになった。

本当のことを云うと、人生を終える前に「人生の時間」を知ることはできない。にもかかわらず、「人生の時間」を脅かすもの、つまり自分に残された時間を奪う可能性のあるものは、これすべて天敵とみなした。

と同時に、いかに余計な時間をかけずに答えを見出せるかが人類の腕の見せどころになった。

余計な時間を駆逐すること、抹消すること、この世から消してしまうこと——すなわち、「時間殺し」である。

おそらく、全人類が犯人とみなされるこの壮大な「殺し」により、われわれは「探しまわる時間」を殺し、探索にともなう思考と行動をあっさり抹殺した。そして、この途方もない殺しの結果、すべての探偵は「謎を追いかける」という自身の拠りどころを失い、探偵小説の起承転結から「承」と「転」を奪いとられた。

あるいは、いまはまだ過渡期なのかもしれない。スマートフォンさえ手にしていれば、あらゆる謎や疑問を解決できると信じ、解決できないものは後まわしにして、そのうち記憶から失われていく。

探偵はそうした世界で超人的な活躍をしなくてはならず、オールド・スタイルの探偵は「そんなものがあったことなど知らなかった」とうそぶいてスマートフォンを意図的に携帯しない。誰もが携帯機器を駆使して謎を解いていく中、探偵だけがゆっくり時間をかけて自前の「灰色の脳細胞」を働かせる。これは大変に高度な「知らぬふり」で、少なくとも二十二世紀に活躍する名探偵の素質は、どれだけさりげなく知らぬふりを演じ切れるかにかかってくる。

もう一度云うが、私は探偵ではない。私は「灰色の脳細胞」——というのはもちろんエルキュール・ポアロのそれであるが——によるアナログな推理を愛好する古典的な探偵小説の愛読者である。それゆえ、名探偵の「知らぬふり」にはとうてい及ばないものの、こうして書き継いできた探偵行のところどころで、インターネットによる検索を後まわしにしてきた。

といって、完全に無視するのもナンセンスで、いまの時代における「知らぬふり」の塩梅《あんばい》を学ぶためにも、ときおり電網空間に立ち寄って、有益と思われる情報は手に入れてきた。そうすることで私はどうにか謎を謎のまま保ってきた。結局のところ、見つけ出すことがすべてではなく、「見つからないからこそ書けるのだ」と時間が経つにつれて、そう思うようになった。

見つけ出すことをゴールにしている者からすれば、言い訳にしか聞こえないかもしれない。しかし、うっかり「探偵譚」と銘打って書き始めてしまった以上、見つけ出すことを目指しながらも、同時に、簡単に見つからないよう祈るしかなかった。見つかってしまったら、もうそれで終わりなのである。

「チョコレート・ガール」をめぐる彷徨も、見つからなかったからこそ、ここまで書きつづけることができた。最初に（これは簡単に見つかりそうにない）と直感が働き、そうしたものこそ探すに値すると思ったのである。

＊

と、ここまで書いたところで頭の中を整理したくなり、一万円号に乗って隣町の高架下にあるコーヒーの飲めるところに出向いた。夕方の五時ごろで店の中はそれなりに賑わっており、私は窓ぎわの席に着いて、砂糖もミルクも入れない苦いコーヒーを飲んだ。いつもそうしているようにスケッチブックをひらき、罫線の一本もない無地の紙面に、「見つからなかったから書くことができた」と書きつらねた。あまり繰り返し書くと、そのうち負け犬の遠吠えになってしまうと苦笑しながらコーヒーを飲みかけたとき、ポケットの中に入れていたスマートフォンが電話の着信を伝え、周囲の話し声とカップやコップやスプーンが触れ合うノイズがうるさかったが、「はい」と応じると、「もしもし」とKさんの声がやや緊迫した印象で響いた。

Kさんは私がこうして書いてきた文章に常に伴走してくれた歳若い編集者である。もし、私がここで彼のことを「ワトソン君」などと呼んだら、いささかインチキめくだろうが、曲がりなりにも「探偵譚」の枠組みの中で書きつづけ、そのほとんどを私自身の拙《つたな》い推測で埋め尽くしてきたのだから、やはり探偵は私ということになる。だからといって、Kさんを「ワトソン君」と呼ぶのは行き過ぎなのだが、彼がこの探偵行においてワトソン役を買って出てくれたのは本当の話である。

その彼が声を震わせて「あの」と息をつき、いささか思わせぶりな間をおいて、

「見つかったんです」

と犯人を言い当てる声色になった。

もし、これが探偵小説であったら、「見つかった？　いったい何が見つかったと云うんだね、ワトソン君」と返すところだが、彼と私はこの二年間、顔を合わせるたび、「チョコレート・ガールのことだけど」と話してきたのだから、「あの」と息をついたあとに「見つかったんです」ときたら、それはもう、われわれが探してきたものが見つかったと考えて間違いなかった。

「本当に？」

「ええ。いま国会図書館に来ているんですが、最後のひと仕事として、例の『國民新聞』のマイクロフィルムを閲覧していたんです」

なるべくネットに背を向けてアナログな検索を心がけてきたわれわれは、「とはいえ、まず見つかりそうにない」という憶測から、あえてなのか、それとも作業の大変さに尻込みしてなのか、まさに最後の塗り残しのように「國民新聞」の閲覧を後まわしにしてきた。最後のひと仕事とはそういう意味で、そのひと仕事によって、「見つかった」ということは、かねてより話題にしていた「懸賞小説」の当選発表が掲載された号が見つかったのだろう。

「発表された号?」

「そうなんです。あったんです」

「それは映画の公開のどのくらい前?」

そう訊きながら、私は周囲のノイズから逃れるように店の外に出た。

「ええと——三ヶ月前です。昭和七年五月二十九日の学藝欄に載っていました。一等入選、チョコレート・ガール。作者は永見隆二で間違いありません」

「それは小説? それともやはり脚本なのかな」

「というかですね」とワトソン君はそこでひとつ咳払いをしてホームズばりの口調になった。「発表の記事の中に、『近く本欄で連載の予定です』とありまして」

「え?」

「そのあとの号を閲覧していたら、出てきたんです。発表の翌月、六月十日の紙面に、『チョコレート・ガール』の連載第一回が」

「連載?」

「そうなんです。その日から毎日掲載されていて、全十六回の連載小説でした。脚本ではなく小説です。おそらく、全文が掲載されています」

予期せぬことだった。

まさか、本当に見つかるとは思っていなかったのだ。

こんなことなら、「見つからなかったから書くことができた」などと書くべきではなかったし、こうなってしまうと、最初からこの結末を知っていたのではないかと疑われてしまう。

先に書いたとおり、これがもし探偵小説であれば、誰が犯人であるか、どこに何が隠されていたか等々を物語の最終場面で劇的に明かすために徹底して知らぬふりを通す必要があっただろう。

しかし、私は探偵小説を書いてきたわけではなく、その時点で起きたことや知ったことを日記のように書きつらねてきただけである。いわば実況中継の積み重ねで、ある程度の予測はしていたけれど、私の予測は「見つからない」だった。

＊

国会図書館四階の〈新聞資料室〉で、Kさんに導かれてマイクロリーダーをぎこちなく操作していた。

すでに書いたとおり、館内に収蔵されている資料の内、マイクロフィルムで保管されているものはデータベースの検索だけでは内容に踏み込めない。とりわけ新聞のような膨大な情報をもった資料は、何がどの号に掲載されているか、コンピューターでアクセスする術がない。見つけ出すためには、保護箱から取り出したフィルムをマイクロリーダーのリールに巻きつけ、ハンドルをまわしながらフィルムのコマをこつこつ送っていくしかない。スキップどころか早送りさえままならず、何もかも自分の手で動かしていくよりほかない。

ひとつのリールに昭和七年の「國民新聞」を一ヶ月ずつ複写したフィルムが巻きつけられ、Kさんが下調べをしておいてくれたおかげで、一月から四月まではひたすらハンドルを回しつづけた。

しばらくすると、当選発表が掲載された五月二十九日の朝刊にたどり着き、第三面

〈学藝〉ページの左上隅に「映畫小説入選發表」と見出しが立っていた。そのあとに「近く松竹で映畫化す」とあって、小さな活字がつづいている。

先に募集した映畫小説は嚴選の結果次の通り決定しました、これは近く本欄で連載の豫定ですが尚松竹でも直ちに映畫化に著手する筈で配役その他も追つて發表致します

そのあとに「一等入選　チヨコレート・ガール」とあり、永見隆二の名前と住所が記されていた。

ちなみに、この発表からさかのぼること三ヶ月半前、二月二日の〈學藝〉ページに懸賞募集の告知が見つかった。

「映畫小説」と「詩」を募集しているのだが、「映畫小説」の方は「現代劇」と指定があり、「賞金 一等（一篇）金壹百圓」とある。さらに、「紙上に發表すると共に松竹キネマと提携し「國民新聞學藝部推薦映畫」として松竹蒲田撮影所に於て映畫化す」とあ

らかじめ映画化が約束されていたことがわかった。

しかし、あるところにはあるのである――。

マイクロリーダーのハンドルを回しながら、連載が開始された六月十日の朝刊をスクリーンに映した。

何だか目にしているものが本当のこととは思えない。

高輪の図書館で、結局見つからなくて雨の音を聴いたときも夢の中にいる心地だったが、見つかったら見つかったで夢のつづきを見ているようだった。

もし、この探偵行をこの作業から始めていたら、「ああ、ここにあった」となんら感慨もなく受けとめていただろう。しかし、あまりに長く迂回してしまったためか、それがそこに存在していることに実感がない。

が、「入選映畫小說」と謳ったイラスト入りの飾りがあしらわれ、たしかに「チョコレート・ガール（1）永見隆二作」とあった。

あったのか、そうか、本当にあったのか、とようやくにして驚きがじわじわと追いついてくる。驚きつつ十六回にわたってつづけられた連載をハンドルを回しながら追っていくと、一回の分量は一六〇〇文字ほどで、十六回の全文を原稿用紙に換算すると六十四枚になる。短くはないが、決して長くもなかった。

連載の第四回以降は、林一三という画家による挿絵が付き、その挿絵に描かれた主人公・美江子の顔が水久保澄子によく似ていた。まるで先に映画があって、映画を観ながら描いたかのようである。

映画の公開は連載が終了した二ヶ月後で、最終回が掲載された六月二十六日の紙面に「チョコレート・ガール配役決定す　松竹蒲田で撮影に著手」という記事が載っていた。そこに美江子を演じるのが水久保澄子であると発表されていて、他のキャストは暫定的だったのか、実際には出演していない飯田蝶子、日守新一、坂本武といった名前が並んでいる。

おそらく水久保澄子が主役を演じることはかなり早い段階で決まっていたのだろう。連載終了からおよそ三週間後の七月十九日の紙面に、早くも水久保澄子のスチール写真を使った映画の宣伝記事が掲載され、その一ヶ月後の八月二十二日の「映畵週報」の一角に「『チョコレートガール』完成す」と小さな記事が載っていた。

さらに公開日の八月二十六日の朝刊には、やはりスチール写真と封切の告知をした記事があり、このスチール写真の水久保澄子はこれまで見ることのできなかったキャンディーストアのウェイトレスの格好をしていた。

一瞬、時間がとまったような静寂がよぎった。

他のスチール写真はすべて和装だったが、この一枚はまさに「チョコレート・ガール」の名にふさわしい襟にフリルがついた洋装姿である。

小説の発見ももちろん大きな収穫だったが、自分が探していた「チョコレート・ガール」はまさにこれであったと胸の奥で何かが震え出した。

写真の中の少女は紛れもなくスターである。「チョコレート・ガール」という言葉が備えたイメージと完全に同期していた。そのうえ映画そのものも好評を博したのだから、その原作小説が単行本として発売されてもおかしくない。最初はそう思っていた。けれども、どれだけ調べても上梓された形跡がなく、そうしたことから小説自体が存在しないのではないかと考えを改めた。

しかし、こうして見つかった小説を読んでみると、発売されなかった理由はなによりテキストの短さにあり、単行本にするほどの分量に著しく欠けていた。ストーリーは、これまでに読んだいくつかのあらすじで頭の中に浮かんだ展開と大きく変わるところはなく、冒頭は次のように始まっている。

すつきりと澄んだ初夏の朝——。薔薇色に輝く都會の屋根に省線電車は轟然たる律動を傳へて、今フオームにすべりこんだ。都會は、ラッシユ・アワーによつて、始めて生々と彩られ、新鮮な活動を開始する。

驛の出口から溢れ出る人々の面はすべてみな一日の希望に明るく輝いてゐる。

働く少女——美江子もその人波の一人だ。

読むほどに、ぼんやりとしていたものにピントが合い、頭の中に小さなスクリーンがあらわれて、瑞々しく物哀しい少女の物語が動き始めた。

ないと思われていた原作小説がこうして見つかったのだから、いずれフィルムもどこからかあらわれるのではないか。

あるところにはあるのである。

それはいま、誰からも忘れられてどこかで眠っている。あるいは、私ではない誰か別の探偵が長い時間をかけて「知らぬふり」の迂回をつづけている最中かもしれない。

あらすじを読んだときから感じていたが、おそらくその映画はタイトルが誘《いざな》うイメージに反してどこか哀しいものだろう。小説の冒頭で希望に明るく輝いていた少女は、ふいにあらわれた壁にぶつかって、思い望んでいた人生を歩めない。

それは少女を演じた女優の前途を暗示しているようにも思われるが、物語の終わりに少女は大好きなチョコレートを手にして胸が一杯になるのだ。

少女はいつか理解するだろう。

甘いだけではきっとおいしくない——。

チョコレートの秘密はあの苦みの中にこそあるのだと。

あとがき

国会図書館の〈新聞閲覧室〉はどことなく秘密めいたところである。多種多様な新聞の縮刷合本が棚に揃い、その一角にマイクロリーダーを備えたブースが並んでいる。時間帯にもよるだろうが、その一角だけ照明が落とされているかのように閑散としていた。

マイクロリーダーは真鍮でつくられた顕微鏡のようなもので、リールに巻かれた16ミリフィルムをセットして下から光をあて、拡大したものを正面のスクリーンに投映する機械である。すべて手動で操作し、そうしたクラシックな仕様でありながら、投映される映像はむしろ未来的な精細さでストレスがない。

文中に「ぎこちなく操作」と書いたが、それは最初の内だけで、ほどなくして手になじみ体になじんだ。スクリーンの大きさもちょうどよく、フィルムを巻き取るハンドルの具合やピントを合わせるレバーの仕掛けなど、機械を動かす心地よさがある。

目的の閲覧が終わったあとも、この機械を操りたくて、昭和七年の「國民新聞」を拾い読みしていた。すると、「婦人公論」の広告が目にとまり、そこに國枝史郎「ダンサー」の連載が告知されていた。この小説は翌年の昭和八年に連載がまとめられて春陽堂から刊行されたのだが、風俗壊乱とみなされて即刻発禁になり、長いあいだ読むことのできない幻の作品となっていた。いまは国会図書館の「デジタルコレクション」でネットを通して手軽に読める。

その時代の規律によって幻となったものは、時代が変わればそうして復活の可能性がある。けれども、この世から消滅してしまったらそれまでなのだ。

「チョコレート・ガール」のフィルムは、このあとがきを書いている時点では現存が確認されていない。もちろん、失われたと思われていたフィルムが発見されることはこれまでに何度かあったのだが、幻となってしまったものの膨大さにくらべて、発見されたものの数はあまりに少ない。この本に書いておきたかったことのひとつはそれで、もうひとつは、発見されないからこそ物語が生まれるという逆説的発想の実践だった。

ここに収められた文章は平凡社の「こころ」に連載したもので、第一回が掲載されたのは二〇一六年の冬だった。古びた映画のチラシに載っていた「チョコレート・ガール」というタイトルに魅かれ、そのひとつの言葉だけを起点として二年間にわたる探索をつづけてきた。始めたときは、どのくらいの長さになるのかわからず、どのような内容になるのかもまったく予想できなかった。通常、こうしたものを連載するときは、ある程度、探索の結果が出てから書き始めるものだが、何の手がかりもない丸腰の状態で連載を始め、どういうものが見つかるのか、それとも見つからないのか、極力、意図を排して起きたことをありのまま書いてきた。

たまたま、核心となる可能性があった資料がデジタル化されておらず、アクセスに時間がかかりそうだったので自然と後まわしになった。結果として、それが探索の時間を引きのばしたのだが、このようなゴールに辿り着くとは思いもよらず、予期せぬ結末を迎えたいまも、結果ではなく過程が書ければそれでよかったのだと思っている。もし、意図があったとすれば、それが唯一の意図だった。

その「過程」において、たびたび積極的に脱線や寄り道をしたが、サイレント映画をめぐるいくつかの疑問は「宿題」と書いておきながら、連載中に調べ切ることができなかった。今後の課題とし、サイレント映画というものについて、あらためてじっくり考えてみたい。何よりサイレントが進化してトーキーが生まれたと捉えること自体、大きな誤りで、この二つはまったく別の表現手段として並走すべきものだった。安易な比較から「サイレント」が時代遅れなものと位置づけられてしまったのは、映画に限らず、あらゆる表現にとって不幸なことであったと思う。

この本は多くの引用文によって成立しているが、そのほとんどが旧字旧かなで記されているので、少々、読みにくいところがあるかもしれない。しかし、これもまた日本語の面白さ、豊かさで、こうしたものはするすると読むより、首をひねりながら暗号を解くように読んでいくところに醍醐味がある。その迷路をめぐるような愉しみもまた味わっていただけたらと思う。

引用させていただいた文章を書かれた方々には格別の感謝を申し上げたい。すでに鬼籍にはいられた方が多いが、文章に生き死には関係なく、多少読みにくくても、書かれていることはいまなお息づいている。

もちろん、感謝を申し上げたいのはこの世にいない人たちばかりではなく、世田谷文学館の大竹嘉彦さん、朝日新聞出版の須田剛さん、そして、昔の日本映画にとても詳しい石島杏理さんから貴重な資料をご提供いただいた。また、平凡社の岸本洋和さんは結末のわからないこの連載に根気よく付き合ってくれただけではなく、連載終了間際の絶妙なタイミングで重要な発見をしてくれた。皆様、ありがとうございました。

二〇一九年　晩春　チョコレートをかじりながら

吉田篤弘

参考文献

●書籍

田中真澄・木全公彦・阿部嘉昭・丹野達弥編『映畫読本 成瀬巳喜男――透きとおるメロドラマの波光よ』フィルムアート社 一九九五

スザンネ・シェアマン『成瀬巳喜男――日常のきらめき』キネマ旬報社 一九九七

佐々木邦『脱線息子』大日本雄弁会講談社 一九二九

佐々木邦『アパートの哲学者』太白書房 一九四六

ミギユエル・デ・セルヴンテス『全譯 ドン・キホーテ』(縮刷)佐々木邦訳 大文館書店 一九二六

滝川和巳『往年のスターたち』三田書房 一九六九

貴田庄『原節子物語 若き日々』朝日文庫 二〇一六

●雑誌・パンフレット

「SHOCHIKUZA NEWS」松竹座(名古屋・若宮)一九三二

「キネマ旬報」一九三二(昭和七)年九月一日号

「キネマ旬報」一九三二(昭和七)年九月十一日号

「うちまるざいくりい」第五三一号 内丸座（盛岡）一九三三
「映画評論」一九三二（昭和七）年十月号
「キネマ旬報」一九三四（昭和九）年九月二十一日号
「映画論叢 四 水久保澄子の悲劇」二〇〇二
「主婦之友」一九三七（昭和十二）年十二月号
「週刊朝日」一九三六（昭和十一）年七月十九日号
「シナリオ」四号 一九四九
「料理の友」一九三二（昭和七）年十月号

●新聞
朝日新聞 一九三二（昭和七）年八月二十四日付朝刊
国民新聞 一九三二（昭和七）年二月二日付朝刊
国民新聞 一九三二（昭和七）年五月九日付朝刊
国民新聞 一九三二（昭和七）年六月十〜二十六日付朝刊
国民新聞 一九三二（昭和七）年八月二十二日付朝刊
国民新聞 一九三二（昭和七）年八月二十六日付朝刊

●ウェブサイト
世田谷文学館ホームページ https://www.setabun.or.jp/report/collection.html

本書は、「こころ」第三四号〜第四八号（第三九号を除く）に掲載された「チョコレート・ガール探偵譚」を加筆・修正したものです。

吉田篤弘（よしだあつひろ）

一九六二年東京生まれ。作家。小説を執筆するかたわら、クラフト・エヴィング商會名義による著作とデザインの仕事を続けている。著書に『つむじ風食堂の夜』『それからはスープのことばかり考えて暮らした』『レインコートを着た犬』『台所のラジオ』『遠くの街に犬の吠える』『京都で考えた』『金曜日の本』『神様のいる街』『あること、ないこと』『おやすみ、東京』『おるもすと』『月とコーヒー』『フィンガーボウルの話のつづき』など多数。

チョコレート・ガール探偵譚《たんていたん》

発行日　二〇一九年五月二四日　金曜日　初版第一刷

著者　吉田篤弘
発行者　下中美都
発行所　株式会社平凡社
〒一〇一-〇〇五一　東京都千代田区神田神保町三-二九
電話　（〇三）三二三〇-六五八〇［編集］
（〇三）三二三〇-六五七三［営業］
振替　〇〇一八〇-〇-二九六三九
印刷　株式会社東京印書館
製本　大口製本印刷株式会社

©YOSHIDA Atsuhiro 2019 Printed in Japan
ISBN978-4-582-28266-5
NDC 分類番号 914.6　B6変型判（16.6cm）　総ページ 272
平凡社ホームページ　http://www.heibonsha.co.jp/
落丁・乱丁本のお取り替えは小社読者サービス係まで直接お送りください（送料は小社で負担いたします）。

Western Electric
SOUND SYSTEM

チョコレート・ガール

松竹蒲田特作映画　成瀬己喜男監督

水久保澄子主演

原作脚色　永見隆二
監督　成瀬巳喜男
撮影　猪飼助太郎

キャスト

美江子……水久保澄子
その母豊子……富士龍子
弟美坊……突貫小僧
従兄職工健作……結城一朗
叔父萬郎……新井淳
大學生水島……加賀晃二
同岡本……大山健二
健作の相棒雷公……小倉繁

【物語】キヤンデーストアの女店員美江子は仲のよい大學生水島と岡本に誕生日のパーテイに誘はれたので、職工をしてゐる従兄の健作と約束してゐた映畫館ゆきをやめて、その翌日、水島家を訪れた。パーテイで美しい美江子は斷然その中の花だつた。健作は約束の時間に美江子を訪ねたが、既に水島家へ行つた後だつたので美江子の弟を連れて街に出た。その歸り途健作は美江子に逢つたが、約束を反古されたことも怒らず、二人は間もなく仲直りした。あくる日、店で働いてゐる美江子の前に現はれたのは、きのふ水島の家で紹介された洋子とあき子たちだつた。偶然美江子をこゝで發見した彼女たちは散々皮肉を云つて美江子を憂鬱にした。そしてそこへ來た岡本から水島が許嫁を迎へに驛へ行つたことをきゝ驚いたが、やがて寂しく諦める。

解説部	撰曲
加賀美一郎 若宮香朗 藤岡吟波 住吉夢岳	法月萬吉 村田七光 小野澤倉太郎

目下上映中

淺草帝國館・京橋新富座・麻布松竹館・新宿松竹館・横濱常設館